CW00840670

LE RENARD
DE MORLANGE

© 1995, Éditions NATHAN (Paris, France)
© 2005 Éditions NATHAN, SEJER, 92 avenue de France,
75013 Paris pour la présente édition
Loi n° 49-956 du 16 juillet 1949 sur les publications destinées à la jeunesse,
modifiée par la loi n° 2011-525 du 17 mai 2011.
ISBN 978-2-09-250669-1

MIXTE
Papier issu de
sources responsables
FSC® C022030

N° éditeur : 10283214

Achevé d'imprimer en avril 2022 par Dupliprint,
53100 MAYENNE, France
N° 2971539P - Dépôt légal : avril 2005

LE RENARD DE MORLANGE

Alain Surget

Illustrations de Philippe Mignon

Nathan

Chapitre I

Renaud de Morlange

Au XIVe siècle, près de Morlange, petit village au nord du pays messin[1]*…*

La troupe s'arrêta au pied de la colline. Les chevaux s'ébrouèrent, soufflèrent des jets de vapeur blanche par les naseaux.

— La bête s'est échappée, fit un homme.

Jean de Billy – dit Renaud – lui lança un

---

1. Messin, *adj*. : de Metz.

méchant regard : le comte de Morlange ne pouvait admettre qu'un de ses vassaux se permît la moindre remarque sur sa façon de conduire la chasse. Sans un mot, il éperonna sa monture, grimpa au sommet de la butte. Les autres restèrent prudemment en retrait, de peur de s'exposer à la colère de leur seigneur.

Dressé sur ses étriers, la main en visière, le comte observait le paysage alentour. L'immense forêt cernait l'horizon. D'un vert sombre presque noir. Pourtant, par endroits, le soleil faisait déjà resplendir les premières feuilles dorées par l'approche de l'automne. Si la végétation s'étendait comme un océan à l'est et au sud, étirée jusqu'à l'infini, trouée seulement par les tours de Thionville – au loin – et la saignée bleutée de la Moselle, à l'ouest au contraire le sol se relevait brutalement en une longue échine, un énorme bourrelet qui arrêtait net le regard. Au pied de cette grande côte, les paysans avaient défriché la forêt, y avaient taillé de larges arpents pour établir leurs champs. Le seigneur se retourna sur sa selle, non pour tâcher de découvrir le sanglier qu'il traquait, mais par simple habitude, pour jouir de la vue de son fief[1], de ses villages, du prieuré[2], de son château, de sa puissance enfin. Un regard satisfait de maître. Il fronça les sourcils en apercevant les tourelles du château de Florange. Celui-ci appartenait à un petit seigneur qu'il n'aimait pas et qu'il s'était bien gardé de convier à sa chasse : il soupçonnait en fait Robert de Florange de courtiser sa femme pendant ses longues absences, lorsqu'il menait ses chevauchées ou forçait le gros gibier. De plus, l'autre était plus jeune, plus beau que lui. Il grommela quelque remarque désobligeante, reporta son attention sur les chevaliers qui l'accompagnaient et l'attendaient en rangs serrés au pied de l'éminence[3].

Ils étaient équipés comme pour la guerre de cuirasses, de heaumes[4], de boucliers qui étincelaient

---

1. Fief, *n. m.* : au Moyen Âge, terre donnée au vassal par son seigneur, en échange de services.
2. Prieuré, *n. m.* : couvent.
3. Éminence, *n. f.* : élévation de terrain relativement isolée.
4. Heaume, *n. m.* : grand casque enveloppant toute la tête et le visage.

sous le soleil, jetaient des éclairs d'argent à chacun de leurs gestes. Les destriers étaient richement harnachés et recouverts d'une housse de feutre portant le même blason que sur l'écu[1]. Certains cavaliers avaient orné leur lance de gonfanons[2] et de bannières armoriées pour signaler les différentes maisons seigneuriales, cependant aucun ne brillait autant que le sire de Morlange dans son armure dorée, monté sur un splendide étalon noir au caparaçon[3] rouge flamme.

Un son de cor ! Un frémissement de tous les chevaliers.

— La meute a retrouvé sa trace ! Taïaut ! hurla le comte Renaud en lançant son cheval au galop.

— Taïaut ! reprirent tous les hommes, les piques levées, puis ils foncèrent derrière lui.

Ce fut une course haletante, ponctuée de clameurs, de cris sauvages. Il fallait rattraper les chiens

---

1. Écu, *n. m.* : bouclier des hommes d'armes au Moyen Âge.
2. Gonfanon, *n. m.* : drapeau de combat.
3. Caparaçon, *n. m.* : protection du cheval, en tissu ou parfois en métal.

– lévriers, mâtins d'Auvergne, chiens noirs de Saint-Hubert, chiens fauves de Bretagne, brachets – avant que leurs crocs ne déchirent l'animal et ne retirent au seigneur plaisir et gloire.

— Par les champs ! cria le sire.

Les vilains et les serfs[1], occupés à la moisson, virent se ruer pêle-mêle chevaux, lances, cuirasses, panaches, dans un tourbillon de couleurs, de mottes de terre projetées dans tous les sens, de poussière de blé…

Le comte abaissa son épieu, le laissa filer à un mètre du sol, pointé sur ses paysans. Il ricanait. Pendant un instant, il imagina ses sujets avec une tête, un corps de sanglier. Ils étaient ses proies, ses victimes, ses… Un garçon tomba. Renaud redressa sa pique d'un mouvement du poignet – juste à temps –, pourchassa les manants tant qu'ils s'enfuyaient devant lui dans la direction où l'appelaient le cor et ses veneurs[2]. Un des vassaux, pour plaire à

_____

1. Un vilain était un paysan libre, tandis qu'un serf était un paysan attaché à une terre et à un seigneur.
2. Veneur, *n. m.* : officier qui s'occupe des chasses à courre.

son seigneur, attrapa un jacquot[1] par le col, le souleva, l'entraîna sur une dizaine de mètres avant de le lâcher. Le vilain poursuivit sa course plié en deux, les bras tendus ; il ne put éviter une meule, s'y enfonça jusqu'à disparaître, au grand rire des cavaliers. Il aurait péri étouffé sans ses compagnons accourus en hâte pour le délivrer.

La troupe, cependant, s'égaillait à travers champs, fouaillait[2] les gerbes, renversait les charrettes, piétinait les blés qui attendaient d'être fauchés. Les paysans détalaient en tous sens, lâchant fourches et faucilles, hurlant comme si l'ennemi chargeait. La troupe passa...

— C'est grande misère, gémit un serf. Le maître saccage les récoltes plus sûrement que le sanglier qu'il est chargé de détruire pour protéger nos champs.

Les abois de la meute se rapprochaient. Le comte Renaud sentait la fièvre le gagner, réchauffer son

---

1. Jacquot, *n. m.* : surnom familier du paysan au Moyen Âge.
2. Fouailler, *v. tr.* : frapper de coups de fouet ; battre.

sang, provoquer ce singulier tremblement qui l'animait chaque fois qu'il parvenait au terme de la chasse. Il galopait dans le sous-bois sans se soucier des branches, des ronces, des taillis et des racines qui entravaient sa course.

Enfin les chiens ! Les lévriers attendaient sur le côté que les chiens de force renversent la bête acculée contre le tronc d'un chêne. La meute s'ouvrit pour livrer passage au seigneur.

Le sanglier observait l'homme de ses yeux perçants, les flancs soulevés par une respiration saccadée. Il savait qu'il n'était plus question de fuite. Son vieil ennemi était là, qui l'avait déjà chassé maintes et maintes fois sans réussir à le bloquer. Un bruit sourd de sabots sur la terre : les cavaliers arrivaient. Ils se rangèrent derrière les chiens, en cercle autour de la bête.

Un grand geste ! Celui du suzerain se réservant l'hallali[1]. Un silence brutal. Le comte soupesa l'épieu dans sa main, sortit la dague[2] de son

---

1. Hallali, *n. m.* : ici, mise à mort de la bête chassée.
2. Dague, *n. f.* : épée courte.

fourreau, la serra entre ses dents. Le sanglier vit le cheval avancer de quelques pas sur la gauche ; il baissa la tête, émit un grognement rauque. Le duel était engagé. L'animal fit soudain mine de s'enfuir par la droite mais, d'une virevolte, se rua sur l'étalon. Un coup de défense de bas en haut ! Une seconde trop tôt ! Le destrier fit un écart, se cabra. Fffssiiit ! L'épieu vola, se ficha dans le dos du suidé[1]. Mal. La pique s'arracha comme la bête tournait sur elle-même en poussant des gémissements aigus. Le comte sauta à terre, le poignard à la main. Le sanglier l'attendait, couché sur le flanc, haletant, l'étudiant de ses petits yeux brillants et froids. L'homme hésitait, cherchant la faille, guettant la seconde d'inattention qui permettrait de porter le coup fatal. La bête savait qu'elle allait mourir. Mais pas sans combattre… Un bond ! Tous furent surpris par la rapidité de l'attaque. Le sire de Morlange ne put éviter le choc. Frappé à la hanche par un groin aussi dur qu'une pierre,

---

1. Suidé, *n. m.* : membre de la famille des suidés, dont font partie le sanglier et le porc ; ici, désigne le sanglier.

il fut projeté en arrière, sous les pattes de son cheval. Il y eut un mouvement d'armures, des piques se levèrent.

— Non ! cria le comte aux cavaliers comme l'animal chargeait à nouveau.

Le seigneur plongea son bras sous la gorge. Les canines crissèrent sur l'armure, tentèrent de percer la poitrine de fer, puis la bête s'affala sur l'homme. Renaud repoussa le corps, dégagea son bras des longs poils gris qui se teintaient de sang. Des chevaliers mirent pied à terre, se précipitèrent pour l'aider à se relever. Il refusa leurs mains tendues, s'extirpa de dessous la masse. Alors il brandit son épée, trancha la hure[1] du sanglier et l'éleva à bout de bras.

— Vive le sire de Morlange !

Tous reprirent en chœur pendant que le comte promenait son trophée de l'un à l'autre, fier d'avoir abattu à lui seul le terrible animal qui hantait la forêt de Hayange à Fameck.

---

1. Hure, *n. f.* : tête du sanglier.

Lorsqu'ils virent repasser la troupe, les chiens courant partout, le corps du sanglier suspendu à une perche jetée sur les épaules, les paysans hésitèrent à mêler leurs acclamations aux cris de joie. Ils s'y résolurent pourtant comme le seigneur posait sur eux un œil sévère, mais sans entrain, la voix morne et le geste lourd.

— Toujours à se plaindre, maugréait le sire en écrasant une gerbe de blé sous les sabots de son cheval.

Debout au milieu du champ dévasté, les vilains regardaient la colonne monter vers le château, le cœur empli d'une colère qui n'avait pas le droit d'exploser. Ils se demandaient ce que le méchant homme leur réservait encore pour les brimer.

Chapitre 2
La malédiction

L'air résonnait des coups de pic sur la pierre. Les vilains et les serfs, appelés aux corvées, réparaient l'une des tours du château. Ils taillaient de gros moellons[1] dans les blocs jaunes péniblement rapportés des carrières de Ranguevaux. Ils les hissaient au moyen de cordes, d'échafaudages et de poulies jusqu'à la brèche qu'il fallait combler. Ils

---

1. Moellon, *n. m.* : pierre grossièrement taillée, de petite dimension.

charriaient de pleins paniers de cailloux et de mortier sur leurs épaules, colmataient les fissures que les boulets des bombardes et autres bouches à feu avaient creusées dans le rempart.

Afin de les accabler davantage, le sire de Morlange leur avait aussi commandé de reconstruire le puits dans la cour, alors que tout le monde savait que le trou n'avait jamais recelé le moindre filet d'eau, et ce depuis l'édification du château par les premiers ducs de Bar.

— Allez, allez, criait Renaud en passant d'un groupe à l'autre, ne traînez pas ! Quand vous aurez fini ici, il vous faudra aider là-bas. Il reste quelques chemins à empierrer sur mon domaine, mon bois à couper et à rentrer. La saison commence à fraîchir et je veux constituer des réserves pour l'hiver.

Un de ses gardes vint le prévenir que les manants de Budange arrivaient avec leur vendange. Il s'empressa de courir à la herse de son château, compta six grandes cuves sur les charrettes qui attendaient devant le pont-levis. Il fit appeler son bailli[1], le commit au soin d'emmener les vilains au pressoir, de surveiller l'ouvrage et de retenir le contenu de deux cuves à titre de banalité[2].

Le comte regarda les charrettes se mettre en branle au pas lent de leur attelage de bœufs, les suivit des yeux jusqu'à ce qu'elles tournent derrière la chapelle abbatiale. Alors il rentra dans son château, traversa la cour pour se rendre aux écuries.

Quel ne fut pas son étonnement d'y trouver la comtesse Mathilde – sa femme – avec sa jouvencelle de compagnie ! La comtesse était en train de faire seller sa jument et tenait sur son poing ganté un faucon coiffé d'un chaperon de cuir.

— Holà, ma dame ! Où comptez-vous aller dans un tel équipage ?

Elle eut un hoquet de surprise, comme si la question l'avait blessée.

— Mais… à la chasse, bien sûr ! Vous n'allez pas encore m'interdire cela. Je n'ai déjà plus droit

---

1. Bailli, *n. m.* : officier qui rend la justice au nom du seigneur.
2. Banalité, *n. f.* : impôt en nature pour utiliser le pressoir du seigneur.

aux banquets de villages ni à la fête de la Saint-Jean, aux longues promenades dans le sous-bois, ni au plaisir de me baigner dans la source de la Lenderre.

— Vous baigner ! s'exclama-t-il. En voilà une idée ! Est-ce que je me lave, moi ?

— Vous feriez bien. Vous sentez le cheval et la bête fauve à une lieue à la ronde.

— C'est une odeur d'homme, répliqua-t-il en l'empoignant par le bras.

Renaud prit la longe du rapace, la tendit au fauconnier qui attendait à côté de la comtesse.

— Point de chasse, poursuivit-il en ordonnant, d'un geste sec, au palefrenier de déseller la jument. Point de fauconnerie ni de promenade à cheval, pas plus que de flânerie dans les vignes de Budange. Plus de villanelles ni de caroles avec les villageois, ni de hayes, pavanes[1] ou mascarades[2]

---

1. Les villanelles, les caroles, les hayes et les pavanes sont des danses traditionnelles.
2. Mascarade, *n. f.* : fête où les participants sont déguisés et masqués.

avec les damoiseaux. (Le sire pointa son doigt sous le nez de sa dame.) Je sais que Robert de Florange vous guette derrière chaque arbrisseau, prêt à vous conter fleurette. Vous resterez dans vos appartements, soumise à vos devoirs de femme comme de filer, tisser ou broder. C'est ainsi que la reine Mathilde passa le tiers de sa vie à tapisser les exploits de son mari.

— Le tiers de sa vie dans l'ombre, à compter les toiles d'araignée.

— Suffit ! Que je ne vous aperçoive ni dans la cour ni autour du château – sauf à mon bras – ou vous vous repentirez d'en avoir fait à votre tête.

La dame haussa les épaules, jeta le faucon à la face du fauconnier et, raidie par l'affront, retourna dans le donjon, sa jouvencelle sur les talons. Le sire de Morlange morigéna sévèrement les deux hommes, rappelant qu'ils ne devaient obéir qu'à lui seul, puis il pressa le palefrenier de préparer son destrier car, expliqua-t-il :

— Je m'en vais rôder dans le sous-bois, à veiller que les paysans ne coupent mes branches pour leurs fagots, ni ne ramassent mes noix et mes noisettes.

Le comte cheminait dans la forêt. Il se laissait mener par le trot de son cheval, le regard fixe, l'esprit obnubilé par Robert de Florange.

« Je lui déclarerai une petite guerre au printemps, se promit-il. Ainsi, Robert et ses gens ne se risqueront plus sur mes terres. »

Il croisa un groupe de paysans occupés à scier des troncs abattus sous l'œil attentif d'un garde. Il resta auprès d'eux un petit moment, surveillant que pas un ne fît rouler une bûche dans les fourrés pour venir la récupérer à la nuit tombée, dit quelques mots à son soldat, puis reprit sa marche à travers bois.

Il arriva ainsi dans une petite clairière, derrière la colline de Justemont. C'est alors qu'il découvrit une maisonnette serrée entre les troncs de deux énormes marronniers. Sur le seuil, un vieil ermite était assis.

— Sacrebleu, grommela le seigneur, que fait ici cet original ?

Il s'approcha.

— Holà ! commença-t-il. Qui t'a permis d'élire domicile en ces bois ? Quiconque installe sa demeure sur ma terre me doit le cens, la taille et la corvée[1].

L'autre tendit sa main, s'écria :

— Sire ! Sire ! Pénitence ! Pénitence !

— Comment ça, pénitence ? rétorqua le comte d'une voix irritée. Prétendrais-tu te soustraire à ma loi ? Tout ce qui marche sur deux pattes me doit obéissance, pour autant qu'il se trouve dans les limites de mon domaine. Vassal ou valet, dame ou servante, capitaine ou porcher, moine ou ermite sont mes sujets, soumis à ma seule volonté, à mon plaisir, à ma colère ou à mon pardon, tout comme les arbres à l'humeur des saisons.

Le vieil homme se leva.

— Sire, reprit-il, chacun connaît vos mauvaises actions. Il faut faire pénitence, sinon Dieu vous punira. Rendez aux malheureux ce que vous leur avez abusivement dérobé.

---

1. Le cens, la taille et la corvée étaient des sortes d'impôts dus au seigneur.

— Insolent ! s'exclama le seigneur en tendant le poing. Il t'en coûtera la peau des os d'avoir osé me parler sur ce ton. Je vais lâcher mes chiens, et tu auras beau te cacher au plus profond des bois, ils n'auront de cesse avant de t'avoir trouvé. Ils te ramèneront au château par le fond de tes chausses. Nous verrons bien, à ce moment, si tu ne rabats ton caquet.

Mais l'ermite poursuivait, sourd aux menaces.

— Délivrez les prisonniers, ne saccagez plus les récoltes de vos paysans. Soulagez le peuple de ses taxes et de ses corvées. Soyez bon sire !

Excédé, Renaud sauta à terre, attrapa le bonhomme, le bouscula et se mit à le battre.

— Tiens, tiens, vieux renard ! Je vais t'apprendre à retenir ta langue !

Alors le vieil homme se redressa. De toute sa hauteur. Le sire de Morlange en resta stupéfait : l'autre le dépassait bien de deux têtes. La voix de l'ermite roula comme un grondement de tonnerre :

— Puisque tu m'as frappé, désormais, chaque mois à la pleine lune, tu vivras une nuit sous la forme d'un renard, tout en conservant ton esprit humain. Et cela jusqu'à ce que tu aies fait pénitence !

Puis il rentra dans la maison et barra soigneusement la porte derrière lui, laissant le comte abasourdi. L'instant d'après, Renaud lançait ses poings contre la porte, criant que le coquin lui ouvre car il voulait lui faire rendre gorge pour chacune des paroles prononcées. Il cogna tant et si bien que l'huis céda. Il se rua dans l'unique pièce, son épée à la main.

Mais le vieil homme avait disparu. Pourtant, point d'autre porte ni de fenêtres. Le comte se gratta la barbe, le sommet du crâne, puis la barbe à nouveau. Il fouilla partout, sous la table, dans le grand coffre qui servait de banc, remua les marmites et les chaudrons, inspecta le conduit de la cheminée. Personne. Il donna de forts coups de talon sur le sol, dans l'espoir qu'un son creux trahirait une cave, mais rien…

— Quelle est cette diablerie ? souffla-t-il.

Et il commença à ressentir la peur dans ses

entrailles, aussi aiguë que la piqûre d'une pointe de couteau.

Il sortit, mal à l'aise, et buta contre une grosse pierre. Il s'apprêtait à lui décocher un formidable coup de pied lorsqu'il remarqua qu'elle avait une forme bien étrange. Il la ramassa. Étouffa un juron en reconnaissant dans ses mains le vieil ermite, ou plutôt son exacte réplique en pierre. Le comte poussa un cri étranglé, lâcha la statuette, bondit sur son cheval et galopa à vive allure vers son château. Avec l'impression que toute la forêt courait après lui.

Chapitre 3

La nuit du renard

Le comte ne souffla mot de sa mésaventure. Il évita de s'enfoncer dans la forêt et négligea d'aller tracasser ses paysans du village de Budange, situé au flanc de la colline de Justemont. En revanche, il reporta sa mauvaise humeur sur les serfs et les vilains de tous les autres bourgs, si bien que, de Ranguevaux à Thionville, on ne parlait plus que de ses regrettables excès. Sa femme, même, n'osait plus sortir de sa chambre ; petit à petit, elle commença à médire de lui avec ses jouvencelles de compagnie.

Un mois passa.

Le sire de Morlange était anxieux : c'était soir de pleine lune, et il n'arrivait pas à se défaire des paroles de l'ermite. Pour occuper son temps, sa table et son esprit, il avait invité le puissant seigneur de Sancy, sa suite et ses vassaux à banqueter dans son château. Il lui fallait en effet s'entourer d'une bruyante compagnie pour tâcher d'étouffer son inquiétude.

La grand-salle brillait des feux de multiples torches et chandelles. Pour l'occasion, le comte Renaud avait fait tendre sur les murs des tapisseries de cuir doré, de satin de Bruges aux plis lourds et moirés, brodées à ses armoiries. Deux buffets à gradins en chêne sculpté luisaient de vaisselle et de pièces d'orfèvrerie : aiguières[1], grands plats en argent, vases d'apparat. Des serviteurs s'affairaient

---

1. Aiguière, *n. f.* : vase à eau, muni d'une anse et d'un bec.

autour des tables, remplissaient les coupes de vin de Moselle – coupé d'eau pour les femmes –, surgissaient des cuisines avec des broches de chapons farcis. Les discussions allaient bon train pendant que les musiciens accompagnaient de leurs instruments un ménestrel qui déclamait un lai[1] de sa voix cristalline. Et retentissaient hautbois, timbres, harpe, vièle, flûte à bec, cromorne et psaltérion.

Le sire de Morlange brisa le chant d'un geste sec de la main, réclama les jongleurs. La musique s'éteignit dans un gémissement discordant.

— Il me casse les oreilles, expliqua-t-il, et sa violadure[2] ne vaut d'être écoutée car il n'y est question que de seigneurs en croisade, de châtelaines soupirantes et de galants empressés.

Il se tourna vers le ménestrel qui attendait d'être payé.

— Va-t'en, cria-t-il, et ne reviens à ma cour que lorsque tu sauras chanter les exploits de Bertrand

---

1. Lai, *n. m.* : sorte de poème du Moyen Âge.
2. Violadure, *n. f.* : instrument de musique à cordes.

du Guesclin qui, par vaillance et par ruse, fait tomber l'une après l'autre les forteresses tenues par les Anglais. Que ne loue-t-on la guerre au lieu de nous rebattre les oreilles avec ces mièvreries ?

On fit entrer trois jongleurs : l'un marchait sur les mains, l'autre faisait la roue, le troisième jonglait avec des balles et des cerceaux. La musique devint plus allègre, son rythme syncopé accompagnant les sauts, les balles qui s'élevaient de plus en plus haut, les anneaux qui tournaient de plus en plus vite autour des bras et du pied.

Le comte observa un moment leurs tours et acrobaties, mais son esprit finit par se détacher du spectacle, et revint à la malédiction du vieil ermite.

Il se leva, secoua un échanson qui passait derrière lui.

— Allons, apporte encore du vin ! Et les pâtés de pigeon, les lapins au saupiquet, les perdreaux au sucre ! La nuit ne fait que commencer !

— Quel repas plantureux ! s'émerveilla le sire de Sancy. Que fêtez-vous donc ? L'anniversaire de votre dame ou celui de la construction du château ?

— Ni l'un ni l'autre, répondit le comte. Je veux simplement manifester ma joie d'avoir à mes côtés des amis aussi puissants que vous.

— Fichtre ! Que serait-ce, si vous aviez invité le roi de France ou l'empereur d'Allemagne ?

Les plats furent accueillis par des acclamations. Les discussions cessèrent : on dévorait à belles dents les morceaux de viande puisés avec les mains, on s'essuyait les lèvres à la nappe, on tendait les coupes aux échansons qui couraient de l'un à l'autre, versant de larges rasades de vin.

Les femmes, elles, parlaient peu. Elles étudiaient les vêtements des unes et des autres, complimentaient sur une fourrure, un diadème, une broche. Elles étaient tout sourires mais, dans cette tablée d'hommes, ne savaient trop que dire. La comtesse Mathilde surtout, qui craignait la colère de son sire pour un regard de trop ou un mot de travers. Elle laissait donc les hommes s'esclaffer autour d'elle et serrait sur son cœur, les yeux mi-clos, l'image de Robert de Florange.

Renaud levait sa coupe pour un nouveau

trinquet quand il sentit une poigne glacée lui serrer l'intérieur du crâne. Il dut s'asseoir, posa sa coupe, prit sa tête à deux mains pour essayer de contenir la douleur qui vrillait son cerveau.

— Ce n'est rien, dit-il à ses voisins de table pour les rassurer.

La souffrance lui était intolérable mais il ne voulait rien laisser paraître. Il grimaça un sourire, se releva.

— J'ai quelque ordre à donner à mes gardes au-dehors, prétexta-t-il. Je ne serai pas long.

Il frappa dans ses mains pour qu'on apportât la gelée, les poires au miel et les épices de chambre, puis sortit.

L'air frais lui fit du bien, calma la fièvre qui battait dans ses tempes. Pour retrouver tout à fait son équilibre, il décida de marcher un peu sur le chemin de ronde. La lune brillait au-dessus, bien pleine, bien ronde, d'une blancheur éclatante. Le sire de Morlange hésitait à lui jeter un regard.

Pourtant :

— Je suis un chevalier, un homme de guerre,

murmurait-il. Je ne vais quand même pas accorder foi aux sornettes d'un vieil homme. Il se sera enfui par quelque passage secret que je n'ai point eu le temps de découvrir.

Il leva la tête, regarda l'astre bien en face. Par défi. Ressentit tout à coup l'envie de courir dans la forêt.

— Allons, se reprit-il devant l'incongruité de cette pensée, je me dois à mes invités.

Mais au fur et à mesure qu'il revenait vers la fête, cette envie le travaillait, le tenaillait…

Devint un besoin impérieux. Il descendit l'escalier en colimaçon de son donjon, dépassa l'entrée de la grande salle, croisa des serviteurs qui le regardèrent s'éloigner d'un air ahuri. Il arriva dans la cour, commanda que l'on relève la herse, traversa le pont-levis puis se mit à courir en direction des bois, sans se soucier des gardes qui criaient derrière lui pour lui demander s'il désirait son cheval.

La forêt était au bout du champ, sombre barrière étirée sous le feutre de la nuit. La lune éclairait la terre d'une lueur blanchâtre, la première rangée d'arbres paraissait bleue. Poussé par une force étrange, le comte Renaud s'engagea dans le sous-bois. L'obscurité n'était pas aussi totale qu'il l'avait cru : une lumière opalescente tombait des ramées en rais obliques, et là où les arbres commençaient à être dépouillés, le sol se parsemait de larges auréoles d'un gris laiteux presque nacré. Quelque chose attirait l'homme vers la source de la Lenderre : un désir soudain de s'y baigner.

— Allons, raisonnait-il, ce n'est pas sérieux, je dois retourner. Quel besoin ai-je d'aller me rendre là-bas en pleine nuit alors que mes amis m'attendent au château ?

Il tenta bien à plusieurs reprises de rebrousser chemin, mais chaque fois cédait à l'appel mystérieux de la forêt.

— Bah, une simple trempette, ce ne sera pas long.

Et puis l'instant d'après :

— Mais qu'est-ce qui m'arrive ? Serait-ce la malédiction du vieux fou ? C'est impossible, la nuit est déjà fort avancée et il ne s'est toujours rien passé. Transformé en renard ! Ha ! Ha ! Ha ! Simple menace de colère !

Rire lui redonna confiance et courage. Le vieil homme s'effaça de son esprit, et il ne lui resta plus que l'irrésistible envie de se précipiter vers l'eau.

« Après tout, se répétait Renaud pour calmer sa conscience, je ressens bien souvent le désir incontrôlé de partir en guerre. Pourquoi pas, cette fois, celui d'aller me baigner ? »

La source jaillissait d'entre deux rochers au milieu d'un groupe de noisetiers, et formait une petite mare argentée en contrebas. Le seigneur retira ses vêtements, les déposa sur une pierre blanche, entra dans l'eau. Il se sentit aussitôt aspiré vers le fond, se débattit, réussit à se dégager de l'espèce de tourbillon de bulles, émergea, happa l'air à pleine gorge, se hâta de rejoindre la berge, sauta sur la terre et secoua violemment son pelage tout trempé.

Il s'arrêta soudain. Redressa la tête pour essayer de décoller ses yeux du sol. Rien à faire. Son regard ne montait pas plus haut qu'un massif de fougères.

Son nez pointu le fit loucher. Quelque chose pesait au bas de son dos. Il voulut tâter avec sa main. Ce lui fut impossible. Alors, le cœur battant, la respiration bloquée par une bouffée de panique, il osa tourner la tête. Et découvrit une superbe queue en panache qui attendait de pouvoir bouger.

Le comte de Morlange était devenu renard. Il poussa un hurlement de terreur, mais ce n'était déjà plus un cri modelé sur la voix humaine. Une sorte d'aboiement sur des sons semblables et très précipités. Un autre glapissement lui répondit. Une angoisse terrible lui étreignit la gorge lorsqu'il se rendit compte qu'il comprenait le langage des renards : l'autre, là-bas, lui conseillait de ne pas approcher de son territoire. Il regarda ses vêtements inutiles puis, d'un brusque élan, se pelotonna dessous.

Un long moment passa sans qu'il fît mine seulement de pointer son museau au-dehors. Il écoutait la nuit, tremblant de peur, priant pour qu'aucun fauve – loup, glouton ou renard – ne le surprît en ce lieu. Il se souvenait que l'ermite avait parlé d'une seule nuit à la fois… Il suffisait d'attendre. Au bout d'un certain temps, Renaud-renard se risqua tout de même à s'extraire du tas de vêtements, la curiosité l'emportant sur la prudence.

Il fit un pas, puis deux. Pataud dans ses mouvements, hésitant à utiliser son corps tout neuf, il décida – pour cette première nuit – d'observer autour de lui.

Voir au ras du sol l'étonnait. Il n'avait jamais imaginé qu'il pût y avoir tant de vies là où auparavant – c'est-à-dire lorsqu'il avait la tête dans ce qui lui semblait maintenant les étoiles – il ne voyait que des amas de feuilles, des racines et des mottes de terre. Les insectes grouillaient partout. Et ce qu'il découvrait des araignées ne cessait de le surprendre ; elles vivaient sur trois niveaux : les araignées de terre, toutes petites, qui ne traînaient point de fil derrière elles et remuaient inlassablement des pattes, comme si le fait de tambouriner sur le sol attirait les proies vers elles ; il y avait celles qui tissaient leur toile juste au-dessus afin d'engluer les insectes volant à fleur de terre ; et celles, plus aériennes et plus grosses, qui vivaient à l'étage supérieur et cueillaient dans leurs rets les papillons, les mouches et autres bestioles bourdonnantes. Le goupil[1] baissa la tête en passant dessous. C'était un vieux réflexe humain car la toile flottait bien plus haut. Les souches, les fougères, les buissons devinrent son horizon. Il se sentit tout à coup enfermé, écrasé par les arbres énormes ; il prit conscience de ce que représentait l'infiniment petit.

Que son domaine lui paraissait immense alors que, vu des tours de son château, il avait pu en distinguer les limites ! Lui-même eut l'impression d'être devenu si fragile…

La peur qui s'était estompée le mordit aux entrailles : et s'il tombait sur des pièges, des braconniers, des chiens ? Saurait-il courir ? Sa queue, lourde et inerte, serait bien encombrante s'il lui fallait s'enfuir. Puisque la malédiction du vieil ermite opérait réellement, et qu'il n'y avait nul moyen de

---

1. Goupil, *n. m.* : autrefois, autre nom du renard.

s'y soustraire, sire renard devait apprendre son corps avant de se lancer à l'aventure. Pour lors, s'habituer à voir au sol… C'était nouveau, mais cela réduisait de beaucoup le champ de vision dont il était coutumier du haut de son mètre quatre-vingts.

Et puis il y avait les bruits. Les sons venaient de la terre, non de l'air comme il l'avait toujours cru. Le frémissement des feuilles, le craquement des écorces n'étaient rien auprès des mille grattements et grésillements qui montaient du sol. L'humus bruissait sans discontinuer, animé par en dessous : longues chaînes d'insectes emportant leurs réserves, colonnes guerrières de fourmis noires, protestations d'un scarabée perdu sur le champ de bataille. Renaud-renard en avait les oreilles rebattues. Que de querelles sous ses pattes ! S'il avait su sourire, il l'aurait fait en songeant que la vie des insectes ne différait guère de celle des hommes. En compa-raison, le vent dans les branches prenait figure de silence. Il resta donc debout près des vêtements, l'œil et l'oreille aux aguets, frémissant à chaque bruit nouveau, l'étudiant, l'apprenant de façon à n'avoir plus à s'en inquiéter par la suite.

Quand la nuit commença à pâlir et que les broussailles se trouèrent de lumières, tournant lentement sur leur socle d'ombre, le renard se coula sous les habits et attendit, anxieux, de retrouver sa forme humaine. Quand le premier rayon de soleil titilla sa prunelle, il ressentit l'envie d'éternuer, pressa son nez entre ses doigts pour se retenir. Il ne put réprimer un hoquet de stupeur en reconnaissant sa main ; il la passa plusieurs fois devant ses yeux, doigts écartés, pour se convaincre qu'elle était bien réelle. Il se tâta tout le corps, se redressa.

— C'est incroyable, dit-il, tout heureux d'entendre sa voix, je n'ai rien éprouvé au cours du passage, ni dans un sens ni dans l'autre.

Le comte sauta plusieurs fois sur place comme pour ajuster son corps, tira sur ses bras et sur ses jambes ainsi qu'on le fait pour essayer un nouvel habit.

— Parfait ! s'exclama-t-il en se tapant sur le ventre. Je me vais bien.

Il regarda loin par-dessus les taillis.

— J'ai l'impression d'avoir passé une partie de la nuit à terre.

Il jeta un coup d'œil sur le sol, chercha les araignées, ne vit plus que les bosses et les trous du terrain, et une profusion de végétation qui se balançait à mi-cuisses. Il haussa les épaules, repartit vers son château.

Le seigneur n'avait pas fait vingt pas qu'il se heurtait le front à une basse branche. Il rit néanmoins.

— Ah ! la cause en est le mélange des genres. Je crois que l'aventure me plaît, d'autant qu'elle me dispense de repentir. Mais que vais-je raconter au sire de Sancy ? Que j'ai entendu des disputes au village du haut de ma muraille ? Oui, oui, l'affaire se tient, rumina-t-il en lissant sa barbe. Et pour donner plus de poids à mes dires, je m'en vais guider moi-même une patrouille dans les rues. Les gueux n'ont qu'à bien se tenir.

Chapitre 4

Métamorphoses

Un mois passa. À la pleine lune suivante, le comte Renaud se rendit à la source de la Lenderre, y plongea, et ressortit goupil.

Maintenant qu'il connaissait les bruits de la forêt et s'était adapté à un champ de vision différent, Renaud-renard en vint à vouloir apprendre à courir. Mais pour cela, il lui fallait éduquer sa queue. Il choisit un long sentier par où passaient les bûcherons quand ils rapportaient leur corvée de bois au château, démarra à fond de train… et se flanqua par terre, le museau dans les feuilles. Il recommença, la queue en l'air cette fois. Non seulement son panache freinait sa course, mais il se prenait dans les ronces, s'y arrachait des touffes de poils. À la troisième reprise, l'animal détala en maintenant l'appendice parallèle au sol. L'essai fut concluant. Il améliora ses performances en courant l'arrière-train légèrement relevé, puis s'exerça à pousser des pointes de vitesse et à piler net devant les arbres, les pattes plantées dans le sol et la queue redressée à la verticale. Une fois ou deux il termina sa course contre le tronc, mais il apprit très vite à se servir de sa queue comme d'un balancier. Ensuite, en l'inclinant à droite ou à gauche, il comprit qu'il pouvait aussi l'utiliser en tant que gouvernail.

Alors il se lança dans des poursuites fictives, s'appliquant à maintenir son allure, à éviter les obstacles soit en les sautant – ce qu'il fit avec une aisance qui l'étonna –, soit en les contournant ou en se glissant dessous, le ventre à ras de terre. Les martres, les fouines et les putois le regardaient passer et repasser, apparemment sans but, sans proie ; ils hésitaient à quitter leurs terriers pour croiser la piste du renard fou.

Le goupil, pourtant, se moquait bien d'attraper des lièvres, des écureuils ou des mulots. Le lendemain, il le savait, des plats autrement plus délicats l'attendraient sur sa table. Pour lors, ce qui l'intéressait, c'était de filer dans la forêt telle une flèche, les oreilles rabattues, d'arrêter brusquement sa course et faire demi-tour sur place avec une agilité et une rapidité surprenantes.

Tout à sa griserie, il ne prit pas garde à la paire d'yeux brillants qui l'observait. Un glapissement aigu perça la nuit. Renaud-renard négligea d'y répondre. Il était tellement occupé à virevolter qu'il ne prit pas garde à l'avertissement. Il découvrit une sente, s'y engouffra. Il traversa le boyau ventre à terre, surgit à l'autre bout… devant un énorme renard. La surprise fut telle qu'il freina mal. Son arrière-train se souleva, bascula en avant. Il tomba sur le flanc. La bête découvrit des crocs terrifiants, gronda. Le demi-tour de Renaud-renard – un tourbillon de poils roux – laissa l'autre pantois : il attendait que l'intrus lui disputât son territoire, non qu'il s'enfuît comme un lapereau. Il lui donna la chasse.

Le petit renard détalait à toute vitesse, mais c'était autre chose que de courir pour son plaisir. Louvoyer entre les arbres ne lui donnait aucune seconde d'avance car son gros poursuivant était aussi habile à tourner autour des troncs en les frôlant. Renaud-renard sentait même qu'il le rattrapait. Il avait tellement couru pour s'entraîner que ses forces faiblirent ; ses pattes devinrent plus lourdes, son souffle plus haché, ses réflexes moins vifs… Il aperçut à travers le brouillard de ses yeux un chemin qui menait au village de Fameck. Il s'y précipita dans l'espoir que l'autre abandonnerait, hésiterait à s'engager au pays des chiens et des hommes. Le gros goupil s'arrêta en effet, mais uniquement parce que l'intrus venait de quitter son territoire.

Renaud-renard se cacha dans un épais taillis et attendit que se calment les battements de son cœur.

Il se félicitait d'avoir appris à courir avant toute chose mais reconnut qu'il lui fallait maintenant savoir discerner les odeurs. Jamais il ne se serait fourvoyé sur le terrain de l'autre s'il avait prêté attention au marquage olfactif [1]. Cela aussi faisait partie des conditions naturelles de survie, des instincts de la gent animale.

Le mois suivant, Renaud-renard décida de passer la nuit le nez au ras du sol. Il venait de pleuvoir et les odeurs paraissaient affadies, diluées dans les coulées qui se ramassaient en flaques ou gonflaient les mousses comme de gros oreillers. La terre sentait l'humide, le moisi.

Le goupil essaya d'abord de reconnaître ses propres effluves. Il revint sur ses pas, flaira la piste qu'il traçait avec les glandes à sécrétions situées entre ses coussinets plantaires. Il frotta ensuite la racine de sa queue contre un arbre : l'odeur en était si âcre qu'il se demanda comment il ne l'avait pas

---

1. Olfactif, *adj.* : relatif à l'odorat, à la perception des odeurs.

remarquée en pénétrant sur le territoire de l'autre, la dernière fois. Après qu'il eut aiguisé son flair autour de lui, reniflant par-ci, explorant par-là, et qu'il se fut habitué à différencier le parfum de la végétation de celui d'une bête, Renaud-renard s'enfonça dans la forêt.

Il releva tout de suite une série d'empreintes sur le sol mouillé, y associa l'odeur pointue de la fouine. Il la suivit jusqu'à ce qu'elle se mêle à celle, plus poivrée, plus pénétrante du blaireau. Plus tard, en inspectant un tronc, il apprit le fumet suave de l'écureuil qu'il découvrit roulé en boule dans la fourche d'une branche.

Une odeur forte tout à coup ! Plus sauvage, plus musquée ! Un loup ! Sa piste croisait la sienne. S'il prenait au grand fauve l'envie de revenir sur ses pas, il découvrirait aussitôt sa présence. Or, Renaud-renard n'était pas de taille à l'affronter. Pour brouiller ses traces, l'idée lui vint d'aller mêler son odeur à celle de l'autre renard : il prit le risque d'entrer sur son territoire, marcha là où l'autre avait laissé ses marques, puis quitta précipitamment l'endroit quand s'éleva le glapissement de colère du maître des lieux. Presque aussitôt il perçut une course, toute en bonds souples, puis un crépitement de feuilles et de brindilles indiquant une fuite éperdue.

Il avançait prudemment, marchant sur les mousses, passant sous les sapins qui exhalaient une fragrance de résine, lorsqu'un souffle de vent, coulé entre les troncs, lui apporta un relent fétide. Il s'arrêta : il connaissait cette odeur, mélange de transpiration, de cuir et de vieux linge mouillé. Le renard se faufila dans les halliers[1], s'approcha, pointa sa tête entre les rameaux. Deux hommes, deux braconniers, vérifiaient leurs pièges. Ils s'indiquaient les ordres par gestes, dégageaient les bêtes prises, les fourraient dans un sac, retendaient les ressorts, les mâchoires, les collets à l'entrée des terriers. Renaud-renard se rendit vraiment compte à ce moment combien l'humain sentait mauvais. Il se mit à les suivre, notant l'emplacement des pièges, comptant leurs prises.

---

1. Hallier, *n. m.* : groupe de buissons serrés et touffus.

La pluie recommença à tomber avant la fin de la nuit, trempant la forêt, collant les odeurs à la terre, aux fougères, répandant partout une émanation de champignons. Le goupil faillit en oublier l'aurore tant le ciel était bas et sombre.

Quelques heures plus tard, les paysans voyaient fondre sur leur village une horde de cavaliers, le sire de Morlange à leur tête. Ils lâchèrent leurs fagots de bois mort, coururent vers les maisons. Déjà, le comte enfonçait une porte. Les femmes et les enfants sortirent, se regroupèrent sur la place en tremblant. Les soldats empêchèrent les hommes d'approcher, les obligèrent à lâcher leurs haches et leurs serpettes.

— Que nous vaut votre nouvelle colère, sire ? s'enquit un grand gaillard prénommé Carles.

Le seigneur le toisa des pieds à la tête.

— On braconne sur ma terre !

— Nous, sire ?

— J'en ai vu deux. S'il y en a deux, il y en a vingt. Allez, vous autres, fit-il avec un grand geste à l'adresse de ses gens d'armes, fouillez partout et rapportez ce que ces manants me cachent.

Ce fut grande misère que de voir les soldats investir les maisons, briser les meubles, éventrer les paillasses, vider les coffres et les armoires. Les vilains n'osaient bouger, les femmes pleuraient dans leurs mains, silencieuses, brisées par le désespoir. Les enfants, pelotonnés contre les mères, enfouissaient leur visage dans le pli des tuniques.

— Vous n'allez pas mettre le feu ? s'inquiéta un vieillard.

Renaud ne répondit pas : il regardait s'entasser devant lui les pots de graisse, le lard et les jambons, les morceaux des cochons tués et salés au début de novembre. Un garde sortit d'une maison en brandissant deux lièvres et un faisan doré que le braconnier avait suspendus à une perche pour laisser la chair se faisander.

— Ha ! Ha ! ricana le comte. Qui habite cette masure ?

Pas un ne bougea. Le seigneur passa de l'un à

l'autre, releva la tête de chacun de ses paysans en la tirant par les cheveux. Il reconnut l'un des hommes de la nuit, le jeta à ses gardes, lui commanda de dénoncer son compagnon s'il tenait à la vie, car le second braconnier n'était pas ici. Le bonhomme ne parla point, garda une mine renfrognée comme si le ciel l'avait doté d'un masque de pierre.

— Et vous autres ? lança le sire à la cantonade. Si vous demeurez muets, complices des voleurs, jamais vous ne reverrez vos provisions d'hiver. Il ne vous restera que vos volailles et, après cela, votre pouce à sucer.

Malgré la menace, aucun ne broncha. Alors le comte donna l'ordre de tout emporter, et la colonne remonta au château.

Il passa lui-même les chaînes au prisonnier qu'il abandonna dans le cachot le plus sombre et le plus humide de son donjon, puis emmena quelques hommes avec lui dans la forêt pour enlever les pièges. Il ne ferait pas bon, en effet, qu'il se prenne la patte dans un cerceau de fer lors d'une prochaine métamorphose.

Décembre. Un brouillard givrant recouvrait la contrée. Les arbres ressemblaient à des squelettes de verre englués dans la brume. La pleine lune, floue, ne jetait qu'une lueur diffuse qui blanchissait à peine la terre gelée des champs. La forêt était noire, dangereuse, déchirée par le hurlement sporadique[1] d'un loup.

Maintenant qu'il savait courir, flairer, reconnaître les sons et les ombres autour de lui, Renaud-renard voulait apprendre à chasser. Mais comme il ne tenait pas à finir lui-même chassé, il préféra aller s'entraîner d'abord en rase campagne. Il découvrit la trace d'un mulot, la suivit jusqu'au milieu du champ, s'arrêta au-dessus de la galerie, là où il savait que dormait le petit rongeur. Enfouir les deux pattes dans la terre, creuser rapidement en projetant les jets derrière lui ne devait pas prendre plus de quelques secondes, l'autre n'aurait pas le temps de s'enfuir. Mais il eut beau gratter, s'exciter, s'échiner à vouloir percer un trou, le sol

---

1. Sporadique, *adj.* : qui se produit de temps en temps.

était si dur qu'il lui sembla de fer. À peine réussit-il à égratigner le sillon. Il courut à l'entrée de la petite galerie, là où il avait décelé l'odeur du mulot, plongea la patte dans l'étroit tunnel, griffa la paroi pour essayer d'arracher la voûte et d'ouvrir la galerie sur toute sa longueur. Rien n'y fit. La terre s'émietta bien un peu autour du trou, mais au-delà elle était aussi résistante que du roc.

Dépité, sire renard s'en retourna vers la lisière du bois qu'il longea, le nez au sol, dans l'espoir de lever une autre proie. Il ne trouva rien, hésita pourtant à s'enfoncer dans la forêt. Un loup rôdait, or les quatre nuits passées sous la forme animale ne lui avaient pas encore suffi pour être tout à fait apte à se débrouiller.

Debout à l'orée du bois, il humait le vent quand un fumet vint lui chatouiller les narines : un relent de poulailler. Et s'il chassait les poules ? L'idée d'aller semer la panique dans le village lui provoqua un picotement de plaisir le long de l'échine.

Il bondit sur le chemin qui menait aux premières habitations, se coula derrière les palissades à contre-vent, négligea le pigeonnier, car les colombes étaient siennes, et se faufila par des planches disjointes dans la courette d'une maison. Là, sur un carré de terre battue fermé par une porte à claire-voie, dormaient quelques lapins enfoncés dans la paille. Au-dessus d'eux, alignées sur leurs perchoirs comme les grains d'un chapelet, les poules somnolaient, le ventre sur les pattes, la tête rentrée sous les ailes. Renaud-renard prit le loquet du verrou entre ses dents, tira.

Le coq poussa un cri d'effroi quand l'animal bondit sur lui et le saisit dans sa gueule. Il se débattit à grands coups d'ongles, d'ergots et de bec. Fouetté par les ailes, piqué, lacéré sur le visage, le goupil finit par le lâcher pour courir derrière les volailles qui se précipitaient aux quatre coins de la cour en jetant des caquètements de terreur. Les lapins s'enfouissaient sous la paille, se tassaient dans les angles, ou filaient d'un coin à l'autre en zigzaguant. Rendu fou par ses déchirures sous les yeux et sur le museau, le renard se déchaîna tant et tant qu'il ne prit pas garde aux mouvements à l'intérieur de la maison. Il sortait tout juste d'un tourbillon de plumes lorsqu'il vit une lueur vaciller dans le noir. L'animal leva les yeux, distingua une silhouette qui tendait le bras dans sa direction.

— Va ! entendit-il.

Un grognement. Un énorme mâtin[1] fonça sur lui. D'instinct, le renard oublia les poules, franchit la barrière d'un saut. Le molosse s'élança derrière lui, lâchant des abois furieux pour rameuter les autres chiens. Deux dogues surgirent de derrière le pigeonnier, obligèrent le fuyard à changer de direction. Un autre, devant, lui coupa la retraite et le força à s'enfuir vers le château.

Renaud-renard courait à perdre haleine, la peur au ventre. Si ses poursuivants le rattrapaient, ils le mettraient en pièces. La forêt lui apparaissait comme le seul refuge possible, et ses dangers bien moins impressionnants que les gueules menaçantes et bavantes qui claquaient derrière lui. S'il arrivait seulement à entraîner les chiens sous le couvert des

---

1. Mâtin, *n. m.* : grand et gros chien de garde.

arbres, le loup – il le savait – les rejetterait hors du bois. Car les mâtins étaient les ennemis de tous les animaux libres et sauvages de la forêt. Mais comment l'atteindre avec cette meute aux trousses ? L'un des molosses courait contre la lisière pour empêcher le renard de remonter, les autres le talonnaient de près, cherchant à le diriger sur les chiens du comte de Morlange. Ses propres bêtes !

Le château émergeait de la brume, sombre, massif, telle une barrière fumeuse, indistincte et mouvante. Le brouillard flottait comme une écharpe devant les tours. Les cris de ses poursuivants finirent par réveiller son chenil. Brachets, lévriers et autres braillards se mirent de la partie, emplissant la nuit d'un vacarme épouvantable. S'il se retrouvait bloqué au bord des douves, le renard serait fait comme un rat. Il vira brusquement. Les chiens qui le suivaient et celui qui le harcelait sur son flanc se laissèrent surprendre, se cognèrent dans la volte, se mordirent de colère, perdirent du temps. Le bâtard qui longeait la forêt vit trop tard l'animal foncer vers ses arrières pour rembucher[1]. Il voulut l'arrêter, se précipita sur lui en diagonale.

Lorsqu'il vit le chien courir sus à lui au lieu de garder l'accès à la forêt, Renaud-renard força l'allure. Ils faillirent se heurter. Sa queue frôla la gueule du molosse qui, lancé à pleine vitesse, ne put s'arrêter et dut décrire une courbe pour reprendre la poursuite.

Les arbres, enfin ! Il choisit aussitôt de se perdre dans les taillis, mais les mâtins avaient du flair. Ils s'engouffrèrent sur ses traces sans l'ombre d'une hésitation, l'obligèrent à fuir plus loin, toujours plus loin.

S'il avait espéré que le loup sortirait de sa tanière, sire renard dut déchanter. Il passa ainsi d'un territoire à l'autre sans que les maîtres des lieux daignent se manifester. Prudents, ils observaient la chasse sans s'en mêler.

Renaud-renard peinait, mais les autres aussi haletaient, tiraient la langue, faiblissaient. Une

---

1. Rembucher, *v. tr.* : rentrer dans le bois (en parlant d'une bête).

lueur rouge brusquement apparue sur un tronc lui causa une nouvelle panique. L'aurore ! Il avait tant couru, et dans tous les sens, qu'il ne reconnaissait plus la forêt autour de lui. Or il savait d'après les légendes que, s'il ne retrouvait pas rapidement ses vêtements, il serait condamné à errer éternellement sous la forme d'un goupil. Pas le temps de flairer les odeurs pour se repérer ! Il obliqua vers le levant et mit ses dernières forces à foncer droit devant lui.

Les rayons obliques commençaient à diffuser une pâle lueur à travers les lambeaux de brouillard qui s'accrochaient encore aux branches. Le jour se levait, la brume se dissolvait. Un son de cloches soudain, frêle, égrenant des notes cristallines. Les moines s'appelaient pour la prière. Au son, le renard comprit qu'il arrivait sur la chapelle de Morlange. La source était plus à droite.

Il changea de direction une nouvelle fois. Seul un mâtin suivait encore, les babines retroussées sur des crocs redoutables. Renaud-renard l'entendait bondir, haletant, le souffle court, mais il tenait, il tenait… Les autres, harassés, s'étaient écroulés de fatigue ou avaient abandonné et s'en étaient retournés vers le village.

Le goupil reconnut enfin les arbres, le sentier qui menait aux champs. Il arrivait, il… Il manqua se prendre la patte dans la mâchoire d'un piège oublié. Le molosse l'évita de peu, lui aussi : les cerceaux se refermèrent en claquant sur un morceau de branche soulevé par sa course et projeté sur le mécanisme. Le chien tourna la tête, surpris par le bruit, perdit son rythme. Le renard mit ces quelques secondes à profit, déboucha sur la mare, se précipita sur ses vêtements comme la lumière glissait des arbres vers le sol.

Un choc ! Le mâtin venait de sauter sur lui et enfonçait ses crocs dans le pourpoint.

Le comte l'attrapa par le gras du cou, le tira en arrière.

— Vas-tu me lâcher ! rugissait-il.

La bête mit du temps à comprendre. Elle cessa de mordre l'habit, retomba sur ses pattes, renifla autour de l'homme puis tenta de l'attaquer à nouveau car le tissu sentait le renard. Renaud lui décocha un coup de pied pour la faire tenir coite[1]. Il brisa une branche, la brandit comme un bâton. Le chien recula, gronda, se mit à suivre le seigneur quand il retourna à son château.

La comtesse était en train de broder dans la grand-salle lorsque le sire entra.

— Mais on vous a mordu le nez ! s'exclama-t-elle en retenant une forte envie de rire. Griffé sous l'œil ! Et sur la joue !

Renaud de Morlange grogna qu'il s'était blessé au-dehors. Il appela son écuyer, lui commanda de courir aux cuisines et de lui apporter dans la cour le restant du cuissot de chevreuil de la veille ainsi qu'un cruchon de vin. Sa femme s'étonna qu'à peine rentré il ressortît.

— Je m'en vais chanter quelque nouvelle loi à mes gueux, répondit-il. Leur ordonner d'enfermer leurs chiens le soir. Je ne veux plus les entendre aboyer autour du château et exciter ma meute. J'ai

---

1. Coi, coite, *adj.* : tranquille et silencieux.

la tête tout emplie de leurs hurlements de cette nuit.

— Mais comment, puisque vous n'étiez pas au château ?

Il se mordit les lèvres. Rattrapa sa bévue en déclarant que la nuit, les sons portaient très loin.

— Ah ! Et puis mes affaires ne vous regardent pas ! s'écria-t-il, excédé. Combien de fois devrai-je vous le répéter ? Est-ce que je m'occupe de vos broderies, moi ?

— Un regard, parfois, vaudrait bien plus que tous vos cris.

Il haussa les épaules, sortit de la grand-salle en grommelant.

Appuyée à sa fenêtre, la comtesse Mathilde l'observait dans la cour : il rudoyait son palefrenier qui ne sellait pas son cheval assez vite, jetait des ordres à ses soldats pour les presser de l'accompagner, tançait son écuyer pour n'avoir apporté qu'un vieil os à rogner. Quand elle les vit s'engager sur le pont-levis, elle retourna à sa tapisserie, songeuse.

Chapitre 5

La peau de chagrin

La comtesse Mathilde n'était pas sans s'inter-
roger sur les absences de son mari à chaque pleine
lune. Cela durait depuis quatre mois, depuis cette
fameuse nuit où il avait délaissé le sire de Sancy
pour aller – au dire des soldats – se promener du
côté de la forêt. Le plus étrange est qu'il sortait toujours sans garde et sans son cheval.

— Donc pas très loin, avait conclu sa jouvencelle de compagnie.

Oui, mais où ? Et dans quel but ? À force d'y réfléchir, la dame en vint à se demander s'il n'y avait point quelque sorcellerie là-dessous. Sa première impulsion fut d'aller s'en ouvrir à son moine confesseur, mais quelque chose la retint au tout dernier moment. « Non, se dit-elle, la sagesse est d'attendre… et de voir. » Elle attendit ainsi la cinquième nuit.

Janvier gelait à pierre fendre. La lune et les étoiles brillaient comme des diamants dans le ciel pur. La terre était bleue, crevassée, ouverte par le froid. Les flaques d'eau avaient pris le teint blanc de la glace. Tout paraissait engourdi, figé, l'espace comme les hommes qui hésitaient à mettre le nez hors de leurs chaumières ou de leurs forteresses.

La poterne s'ouvrit sans bruit. Une silhouette noire se faufila hors du château, se laissa glisser dans les douves, traversa la couche de glace avec une extrême prudence, remonta de l'autre côté. Vêtue d'un costume de page, la comtesse Mathilde profita de ce que la sentinelle faisait le tour du chemin de ronde pour courir vers un bosquet tout proche et s'y cacher, la main sur sa dague car elle n'était pas très rassurée.

Un peu plus tard, elle vit descendre le pont-levis, Renaud de Morlange s'engager par-dessus le fossé, puis la plate-forme remonter et se refermer dans un grondement sourd. Le seigneur passa près d'elle, se dirigea droit vers la forêt. Elle lui laissa une courte avance, quitta son abri et se mit à le suivre en se coulant dans les zones d'ombre… Puis, dans le bois, en progressant d'un tronc à l'autre. Le sire la mena ainsi jusqu'à la source de la Lenderre où elle avait l'habitude de s'ébattre avant que son mari ne lui interdît de sortir du château.

« Que vient-il faire là ? » s'étonnait-elle. La surprise faillit lui arracher un cri lorsqu'elle le vit se déshabiller entièrement, poser ses vêtements sur une pierre blanche, briser la glace et entrer dans l'eau en s'aspergeant jusqu'aux épaules. Il disparut dans la mare. Elle en eut un hoquet de stupeur, s'approcha. Quelque chose flottait à la surface. Elle tendit le cou. La nappe d'eau baignait dans un rayon de lune, et la dame n'eut aucun mal à reconnaître une tête. Une tête de renard ! Elle crut, d'abord, que son mari était encore sous l'eau et que l'animal avait plongé par hasard. Mais, après que le renard fut sorti, se fut secoué et enfoncé dans la forêt, elle dut admettre ou que Renaud s'était noyé, ou que la bête… Elle frissonna, se prit la tête à deux mains, sentit une coulée de peur lui descendre dans le dos.

« Ce n'est pas possible… C'est… C'est… »

Il lui revint en mémoire les horribles et terrifiantes histoires que l'on se racontait de veillée en veillée, au sujet des Laons[1] de Ranguevaux qui avaient le pouvoir de se transformer en loups-garous et parcouraient bois et campagnes pour répandre l'effroi et la désolation. Elle recula pas à pas, les jambes molles, la gorge sèche et le cœur battant. Elle se ravisa tout à coup, s'approcha de la mare, jeta un dernier coup d'œil. Si l'homme s'était noyé, son corps devait flotter. Rien. Alors, d'un geste instinctif,

---

1. Laon, *n. m.* : surnom donné aux habitants de Ranguevaux.

elle se baissa, ramassa vivement les habits et s'enfuit.

Renaud-renard, en cette nuit d'hiver, cherchait à retrouver les traces du loup car il avait l'intention, le lendemain, d'organiser une battue. Il lui semblait préférable en effet d'éliminer une fois pour toutes ce danger qui rôdait et menaçait ses nuits. Mais comme le fauve ne s'était aventuré dans aucun village ni n'avait commis le moindre préjudice à l'homme, personne ne l'avait signalé. C'était au petit goupil, donc, de le localiser. Mais avec la plus extrême prudence, la plus grande circonspection, juste ce qu'il fallait de bravoure et d'audace pour mener à bien la tâche fixée sans périr sous ses crocs.

Il alla ainsi d'odeur en odeur, surprit un grand cerf qui se figea au milieu de la clairière pour le regarder passer. Le renard tomba brutalement en arrêt : cette fois, c'était la bonne. Mais en reniflant mieux, il se rendit compte que l'effluve était ancien. D'autres, moins forts mais plus récents, recouvraient la piste du loup. Or, si les rongeurs marchaient dans les traces du prédateur, c'est qu'il était parti. Renaud-renard s'assit, découragé. Où chercher dans l'immense forêt ? L'absence du loup dans le bois de Justemont le rassurait, certes, mais il pouvait revenir. Lui ou d'autres. Les marais autour de Nancy et les collines de Metz regorgeaient de tanières ; on y organisait régulièrement des battues. Les meutes risquaient de se déplacer, poussées par leur surnombre et la faim. Le solitaire qui avait laissé ses marques était peut-être l'avant-garde d'une bande. Qui sait si elle ne se répandait pas déjà dans les alentours de Sierck ou de Thionville ? Il était renard, mais aussi sire de Morlange, et la sécurité de son fief lui incombait. Que deviendrait sa contrée si, en plus de ses méfaits, une troupe de loups s'en mêlait ? Il fureta partout, retrouva la piste de l'animal, mais elle l'entraînait trop loin pour qu'il pût la suivre jusqu'au bout. Il s'arrêta sur les hauteurs de l'Orne, face aux villages de Rombas, de Marange et de Silvange : quelques toits bleus et le chockeu – un énorme pressoir à flanc de coteau. La rivière, sous lui, brillait comme du vif-argent, mais les eaux contre les berges avaient la rigidité de la nacre. La bête avait dû franchir le pont en contrebas et continuer sa route vers le sud. S'il poursuivait, Renaud-renard s'aventurerait sur une terre qui n'était plus sienne et dont il ne connaissait pas les dangers. Il rebroussa chemin.

L'aurore le vit revenir à la source. Quelle ne fut pas sa surprise de constater que ses vêtements avaient disparu ! Il chercha dans les taillis pour le cas où le vent aurait soulevé et essaimé ses habits. Rien. Il retourna près de la pierre blanche, flaira, releva un parfum différent : du safran mêlé à une suave odeur de violette. Il se rappela que sa lingère avait l'habitude de passer les tissus au safran, et que sa femme portait un collier à mettre senteurs[1] avec des pétales de violettes écrasés. Renaud-renard eut l'impression que la forêt tout entière lui tombait sur la tête. Ce n'était pas possible ! Pas sa propre femme ! En lui dérobant ses vêtements, elle le condamnait à errer éternellement sous la peau d'un

---

1. Collier à mettre senteurs : sorte de médaillon-diffuseur que les femmes portaient à même la peau.

renard. C'était une trahison, c'était… C'était… Il étouffait de rage et d'impuissance. Il se souvint alors de la façon dont il traitait son épouse, reconnut que – sans doute – il l'avait un peu trop rudoyée. Qu'elle se venge, soit, mais pas de cette manière ! Il était un humain après tout, il avait droit à la justice des siens.

Il courut vers le château, se jurant bien de lui faire payer sa vilenie dès qu'il aurait retrouvé sa forme d'homme. Le pont était levé, les gardes se réveillaient à peine, tirés du sommeil par le clairon des coqs qui se répondaient de village à village. La cloche de la chapelle tinta dans le matin blême, appelant les moines à prime[1]. L'animal s'arrêta au bord des douves, glapit de toute sa voix. Les soldats, apparus aux créneaux, lui décochèrent quelques flèches en riant. C'était bien la première fois qu'un goupil demandait à entrer au château ! Le renard battit en retraite, les gardes disparurent.

---

1. Prime, *n. f.* : prière de la première heure, c'est-à-dire à six heures du matin.

Il revint, insista… Les soldats aussi, qui décidèrent de lâcher contre lui ses propres chiens. Il s'enfuit avant que la meute ne fût réellement lancée après lui.

Renaud-renard convint qu'il n'était pas facile de se faire reconnaître, même par ceux auprès desquels il avait vécu bon nombre d'années. S'il essayait chez les moines que l'on disait inspirés par Dieu ? Il se dirigea vers le prieuré. Un plain-chant s'élevait déjà, monodique, attristant le monastère. Les bénédictins n'avaient pas de chiens, aussi s'infiltra-t-il aisément par les jardins. Il tomba sur le frère-sonneur qui, apercevant la bête, lâcha la corde pour s'emparer d'un bâton et lui courir après. Le renard tourna autour du puits en poussant de petits cris destinés à émouvoir, mais l'autre n'en avait cure.

Voyant qu'il n'arriverait pas à bloquer le goupil – et craignant pour ses poules –, le clerc appela les moines à la rescousse. En peu de temps, la cour du cloître s'emplit d'une multitude de cris. Les frères échappés de l'office se ruaient d'un coin à l'autre, brandissant qui un épieu, qui une fourche, qui une cuillère en bois. Sire renard n'évita la rouée de coups que par la fuite : il longea le mur, la queue au ras du sol, se sauva par la brèche que des chenapans avaient pratiquée dans l'enceinte pour venir chaparder les mirabelles du Seigneur.

C'était fini, fini… Jamais il ne retrouverait son véritable aspect. Les autres s'obstinaient à ne voir en lui qu'un goupil. Il jeta un coup d'œil sur ses pattes, sur sa queue… Comment les en blâmer ? Il avait tout de l'animal, même l'odeur. Seul son esprit restait humain…

Il retourna vers la chapelle de Morlange avec l'espérance que Dieu le prendrait en pitié et lui rendrait son corps. Il se coucha devant le portail, le museau entre les pattes, commença à couiner doucement. Prière ou lamentation, il s'attira la curiosité de quelques gamins tôt levés. L'un d'eux, tout en guenilles, risqua la main vers le goupil pour le caresser. Renaud-renard eut un sursaut instinctif. Depuis quand un serf se permettait-il de le toucher ? Il montra les dents, rauqua pour tenir l'autre à distance.

— Il a la rage ! Il a la rage ! cria le plus grand.

Ils refluèrent, ramassèrent des pierres et se mirent à les lui lancer. Les cailloux pleuvaient comme grêle au printemps. Ils réussirent à déloger l'animal, le poursuivirent jusqu'à ce qu'il eût regagné la forêt.

Le monde des hommes lui était désormais fermé. Même les enfants lui en interdisaient l'accès. Le renard s'en trouva fort triste tout à coup. Il contourna le village, tenta de se rapprocher d'un autre groupe de gamins avec l'ultime espoir de se faire accepter, de rencontrer quelqu'un qui pût l'aider – un serviteur, son fidèle conseiller –, mais la volée de pierres qui l'accueillit le dissuada de s'aventurer hors de la lisière. Guetter la sortie de ses chevaliers se révélait tout aussi aléatoire, car ils risquaient de le charger avec leurs lances, s'ils n'excitaient leurs dogues à ses trousses. Quant aux paysans… Il connaissait suffisamment leurs chiens pour éviter de se frotter de nouveau à eux. Renaud-renard se rendit à l'évidence : nul ne pourrait jamais reconnaître le comte de Morlange sous la fourrure de l'animal. Goupil il était, goupil il resterait…

La peur monta en lui, le saisit à la gorge. Une terreur comme il n'en avait jamais éprouvé. La forêt parut brusquement hostile, primitive, refermée autour de lui. L'affolement le gagna. Il en perdit la respiration, se mit à trembler. Il dut se coucher tant l'angoisse lui broyait les entrailles. Il avait l'impression de rétrécir dans un univers démesuré parce que désormais éternel. Il voulut pleurer mais les renards ne savent pas pleurer. Alors il enfouit son museau entre ses pattes et, se laissant sombrer dans le plus profond désespoir, commença à pousser des gémissements plaintifs et flûtés.

La soif le ramena près de l'eau. Un bruit de galop soudain le fit s'enfuir, mais il n'alla pas loin. Il revint sur ses pas, se cacha dans la végétation, et regarda. Quatre chevaux étaient arrêtés devant la source. Un de ses gardes tenait les montures tandis qu'un second plongeait une longue pique dans la mare jusqu'au fond. À côté de lui, les yeux fixés sur les glaçons qui tournoyaient, Robert de

Florange et la comtesse Mathilde qui avait passé sa nuit à réfléchir.

— Vous voyez bien qu'il n'y a rien, disait le jeune seigneur.

— Mon rêve était si affreux : j'ai vraiment cru que mon mari s'était noyé dans ce trou.

— Qu'y serait-il venu faire ? Il n'est pas homme à se laver.

— Hélas, il n'est pas reparu au matin comme à son habitude. Je suis sûre qu'il lui est arrivé quelque chose.

Renaud-renard savait qu'elle mentait, qu'elle n'était revenue que pour être certaine de son fait. Poussé par une flambée de colère, il bondit hors de son buisson, se précipita sur la perfide. Le garde l'aperçut à temps et se plaça entre eux, la pique en avant.

— Attention, ma dame. Cet animal-là m'a tout l'air enragé.

La châtelaine poussa un cri, se protégea derrière son galant.

— Ma foi, c'est après vous qu'il en a, remarqua Robert de Florange en tirant son épée.

L'attaque du goupil contre elle lui enleva ses derniers doutes : elle comprit que la bête qui l'assaillait était le comte de Morlange. Son mari n'était pas au fond de l'eau, il n'était pas non plus réapparu au château ; d'autre part, elle ne l'imaginait pas courant tout nu dans la contrée par ce froid. Non, non, le sire avait bien été métamorphosé. Elle ne savait par quel prodige, mais puisque renard il était, qu'il le reste ! Elle se rendit compte que les légendes disaient vrai : sans ses vêtements, un être transformé ne pouvait retrouver son état initial. Elle sourit : jamais goupil ne réussirait à s'introduire au château, encore moins dans le coffre où elle avait enfermé ses habits. Mathilde était libre à présent, enfin libre de s'ouvrir à la vie.

Renaud-renard surprit l'éclair de malice dans les yeux de sa femme. Il gronda plus fort. Le soldat leva la pique pour l'assommer. Robert pointa l'épée vers lui. L'animal recula, les crocs découverts dans une grimace de défi. Les hommes avancèrent. Le deuxième garde bandait son arbalète : dans un instant, il décocherait le trait. Il fallait fuir. Le goupil volta, disparut dans un hallier. Il entendit le tac de la corde qui saute, un crépitement de ramilles au-dessus de lui.

— Manqué, grogna le bonhomme.

Son compagnon plongea sa lance dans les buissons. Le seigneur de Florange fouailla le massif à coups d'épée, mais la bête s'était portée hors d'atteinte.

— Oh ! Robert, restez à mes côtés jusqu'au retour de mon époux, s'exclama bien haut la comtesse – certaine que le renard entendait – pour ajouter à son malheur.

Renaud-renard courait à perdre haleine. S'épuiser était encore la meilleure façon de s'empêcher de penser. Ah ! pourquoi l'ermite ne l'avait-il pas condamné à devenir goupil à part entière plutôt que de lui laisser son esprit humain ?

L'ermite ! Lui seul pouvait lever la malédiction. Le renard rebroussa chemin, s'élança vers la colline de Justemont. La clairière enfin ! La cabane ! Elle paraissait abandonnée entre ses deux marronniers. Des branches mortes étaient répandues sur le toit, le vent en avait tassé d'autres contre les murs. Le renard en fit plusieurs fois le tour, cherchant les odeurs sur le sol. Il n'y en avait aucune. Où était le vieil homme ? Au village de Budange ? Au prieuré ? Une pierre attira tout à coup son attention. Il approcha, reconnut la statuette représentant l'ermite. Le bonhomme avait l'air sévère, son regard dur semblait dire : « Te voilà bien puni pour n'avoir pas fait pénitence. »

« Je regrette, je regrette ! » hurlait silencieusement le cerveau du renard, mais son cœur était davantage habité par la crainte que par un franc remords.

La porte de la cabane était entrouverte. Renaudrenard se faufila dans la pièce, se coucha dans le coin le plus sombre, roulé en boule, la tête sous la queue. Il passa le restant de la journée ainsi terré.

Chapitre 6

La renarde

La faim le fit sortir. Il rêvait de victuailles dorées à la broche, croustillantes sous la dent, fondant dans la bouche. À force d'y penser, il croyait en sentir le fumet. Pourtant, pour manger, il fallait d'abord chasser. Il n'avait jamais dévoré la moindre proie mais à présent il devait s'y résoudre. Il erra dans la forêt, suivant tantôt une piste, tantôt une autre, courant par-ci, haletant par-là, s'épuisant dans de vaines poursuites qui s'achevaient au pied d'un arbre ou devant une galerie trop étroite pour lui livrer passage.

À la nuit tombée, il se risqua hors du bois, rôda dans les champs, mais les mulots étaient sous terre, bien à l'abri sous l'épaisse couche du sol gelé. Il dut, en fin de compte, se contenter de quelques glands à moitié pourris et d'un reste de charogne qu'il rogna avec le plus grand dégoût.

Il neigeait. Tapi dans les ronciers, Renaud-renard étudiait les allées et venues des gens. Robert installait ses pénates chez lui, prenait ses quartiers d'hiver dans son château. Une bouffée de haine lui monta au visage quand il vit les charrois de bois, de grains, de salaisons que l'autre arrachait aux villages et faisait transporter dans la forteresse. Le seigneur de Florange ne valait guère mieux que lui.

Les sons lui parvenaient déformés, ouatés par l'épaisseur de la neige. Les bruits au ras du sol étaient comme des froissements de feutre, les odeurs avaient disparu. Restaient les empreintes, faciles à suivre, mais les siennes aussi le trahissaient. Renaud-renard mangea de la neige pour se désaltérer, se secoua pour se débarrasser des flocons qui trempaient son pelage.

Un groupe de paysans montait vers lui, hache sur l'épaule. Il jugea plus prudent de s'éloigner.

Il errait du côté de la vallée de l'Orne quand des rameaux craquèrent derrière lui. Le temps de tressaillir, de se retourner, un gros sanglier était sur lui. Le renard comprit trop tard qu'il empiétait sur sa souille[1]. Touché à l'arrière-train, il fut projeté à deux mètres, se releva malgré la douleur et fila, la queue basse. L'autre s'était mis au vent pour le surprendre et l'attaquer : en période de reproduction, les mâles, particulièrement agressifs, s'en prenaient à tout ce qui n'était pas une laie. Le goupil s'arrêta lorsqu'il vit le sanglier faire demi-tour. Il lança un glapissement de colère mais détala à vive allure dès que l'autre fit mine de charger à nouveau.

---

1. Souille, *n. f.* : bourbier où le sanglier aime à se vautrer.

Renaud-renard s'assit. Il n'avait croqué qu'un oiseau blessé depuis le matin ; la faim le tenaillait : les autres ne le laissaient pas chasser sur leur territoire. Il avait été poursuivi à deux reprises par des sangliers irascibles, une nouvelle fois par le gros renard qui ne l'avait lâché qu'à proximité du village de Rombas, stoppé par les aboiements d'un chien. Par chance le mâtin était enchaîné…

Ce qu'il fallait à Renaud-renard, c'était une portion de forêt bien à lui, où personne – aucune bête, s'entend – n'aurait le droit de traquer à part lui. Il devait subsister des endroits libres de toute marque, de toute odeur. Il paraissait impensable que l'immense forêt pût être entièrement divisée en aires de chasse, en garde-manger privés en quelque sorte. Sire renard se mit à renifler les arbres. C'était contre eux que les sangliers se frottaient le cuir et aiguisaient leurs canines. Contre les troncs aussi que les renards déposaient leurs repères olfactifs. Lorsqu'il ne décela plus que des émanations de résine ou de bois mouillé, le prédateur entreprit le marquage de son propre territoire. Il veilla à l'étendre jusqu'à l'orée du bois où vivaient les souris et les petits rongeurs, essaima ses excréments le long des taillis. Après qu'il eut ainsi délimité son fief, il poussa une série de glapissements destinés à avertir ses congénères, puis il se coucha, satisfait.

Il promenait sur ses arbres, sur ses mousses, sur ses halliers un regard de maître. Il avait même inclus dans son domaine un petit chemin qui conduisait à la rivière. Les proies ne devaient pas manquer près de l'eau… il suffisait de les y attendre. Il bâilla, s'étira, se leva et trottina vers le cours d'eau pour se poster en embuscade.

Il ne fallut pas moins de trois jours et trois nuits à Renaud-renard pour connaître chaque recoin de son territoire. Sa technique de chasse s'affinait, ses attaques devenaient fulgurantes, ses repas plus copieux. Il finit par oublier que c'était de la viande crue qu'il dévorait, trouva même les serpents succulents.

L'aube se levait sur un nouveau jour. Le soleil montait lentement de l'horizon, étirant un liséré de feu sur la neige gelée. Les rares nuages dans le ciel cramoisi s'animaient d'une teinte roussâtre. Les lueurs flamboyantes de l'aurore glissaient sur un paysage de nacre, le long des sapins qui semblaient recouverts d'un lourd et blanc manteau d'hermine. Bientôt l'espace vira au bleu, et la neige se mit à scintiller avec une telle intensité que le goupil cligna les yeux.

La neige durcie craquait sous ses pas, il enfonçait jusqu'au ventre. Il était en train de suivre une ligne d'empreintes d'oiseau quand il perçut un bruit sur ses arrières. Il se retourna. Un paquet de neige venait de choir d'un arbre. Les rayons du soleil commençaient à darder, la mousse glacée fondait au bout des branches, glissait, tombait par grappes avec des « flop » mous. Le renard reprit sa marche, le museau sur les traces. Un nouveau froissement lui fit dresser l'oreille. D'un bond, il sauta derrière un massif de bruyères et attendit, aux aguets.

Un renard avançait à pas tranquilles, sans chercher à passer inaperçu. Une bouffée de colère souleva Renaud-renard. Comment l'autre osait-il s'aventurer sur son domaine ? N'avait-il pas senti les marques ? L'intrus approchait avec une telle désinvolture qu'il devait être très sûr de lui, ou alors complètement idiot. Renaud-renard surgit en grondant, les crocs découverts dans une mimique d'intimidation. La manœuvre n'eut aucun effet sur l'arrivant qui continuait d'avancer droit sur lui. Alors, seulement, le goupil se rendit compte qu'il s'agissait d'une femelle.

Elle se mit à lui tourner autour, puis à exécuter des petits sauts. Lui ne bougeait pas, la regardait faire, se demandant ce que… Il lui revint tout à coup en mémoire que janvier était le mois de la reproduction. La renarde poursuivait sa danse silencieuse autour de lui puis, l'autre ne réagissant pas, elle accompagna ses bonds de gémissements. Comme il restait de marbre, elle entreprit de se frotter contre ses flancs. Il reculait pas à pas, mais cela ne décourageait pas la femelle qui s'accrochait à lui, lui mordillait les côtes pour réveiller son ardeur ou vaincre sa timidité. Elle cessa tout à coup sa parade et s'allongea sur le dos. Renaud-renard sentait que la nature le poussait, que l'instinct de l'espèce lui battait dans le corps mais son esprit s'y refusait.

Il préféra la fuite. Elle le regarda se sauver, se releva. C'était la première fois qu'un mâle agissait d'aussi étrange façon. Elle s'élança derrière lui, le rattrapa, recommença son rituel. Excédé, le goupil montra les dents. La renarde se calma, accepta de marcher tranquillement à son côté.

Ils passèrent la matinée à chasser ensemble, partagèrent leurs proies, dormirent blottis l'un contre l'autre dans le creux d'une souche. Elle tenta à plusieurs reprises de l'intéresser à elle mais lui, chaque fois, la repoussait. Il espérait qu'elle finirait par s'en aller, cependant la femelle restait, s'incrustait.

Au soir, sire renard s'était habitué à sa présence. Bien plus, son côté renard ressentait un vif penchant pour elle alors que, côté sire, la situation lui paraissait grotesque.

Il résistait. Il se donnait des prétextes, pensait à Mathilde tout en sachant qu'il demeurerait en l'état d'animal jusqu'à la fin de sa vie. Sa détresse fléchit sa résistance, la brisa. La renarde le perçut, recommença sa parade nuptiale. Le goupil était seul, immensément seul, mais à quoi bon ressasser le passé ? Une compagne s'offrait… Une sorte de joie l'envahit pendant un moment, et il se promit d'être bon avec la femelle, de ne plus répéter ses colères et ses erreurs d'antan. Il était persuadé que le ciel la lui envoyait afin de rendre plus douce sa punition. Une ultime réticence pourtant : « C'est un animal, une bête sauvage des bois… » Il vit son propre museau effilé, regarda son panache… Il était renard, renard, renard. Son désarroi lui remonta d'un coup dans la gorge et il poussa un glapissement étranglé. La femelle crut qu'il s'était blessé ; elle le fixa en penchant la tête, vint le lécher. Il ferma les yeux, s'abandonna à ce mouvement de tendresse si nouveau pour lui. Sa décision était prise : il assumerait sa vie de bête jusqu'au bout, fonderait une famille, élèverait ses petits comme un bon père. Ce qu'il n'avait pu réaliser dans le monde des hommes à cause de sa brutalité et de l'aversion qu'il inspirait aux siens, la nature le lui permettrait peut-être ici-bas parce qu'il avait perdu toute richesse, toute vanité, toute cupidité.

Il commença à sauter autour de la renarde, répondant à ses invites. Ils mêlèrent leurs glapissements, elle se laissa rouler sur le sol. C'est alors qu'un grondement menaçant éclata dans leur dos.

Le gros renard marchait sur eux à pas lents, les yeux rivés sur Renaud-renard figé par la stupeur. Le petit goupil grogna à son tour. De quel droit l'autre pénétrait-il sur son domaine, lui qui l'avait si souvent chassé du sien et paraissait avoir un sens aigu de la territorialité ? L'intrus venait lui ravir sa compagne, mais elle était chez lui, à lui ! Ce n'est pas parce qu'il était gros, grand et fort qu'il devait se gonfler de tant d'audace. Les petits aussi avaient leurs droits. Renaud-renard se campa devant sa renarde, prêt à en découdre avec son rival. Les oreilles baissées, les babines retroussées dans un rictus, les crocs dégagés, ils s'avancèrent l'un vers l'autre, l'échine souple, le ventre au ras de la neige. La femelle reniflait un buisson, indifférente au

duel : quelle qu'en soit l'issue, elle choisirait le vain-
queur. Renaud-renard se rendit compte du peu
d'intérêt qu'elle portait à ses attaques et à ses feintes.
L'autre pouvait bien le dévorer, elle n'en aurait ni
peine ni affliction. Il se battit tout de même du
mieux qu'il put, mordant, griffant, se tordant sur le
sol, lâchant des cris perçants, roulant des râles…
Il dut cependant rompre le combat pour ne point
finir tout à fait déchiré. Il s'enfuit sans se retourner, droit devant lui, abandonnant la renarde et
son fief, parce qu'il savait que l'autre ne lui permettrait pas de revenir sur ses terres tant que
nicheraient la femelle et ses petits.

Le choc fut grand pour lui de se retrouver
seul à nouveau. D'autant qu'il s'était cru à moitié pardonné. Le ciel n'était pas aussi clément,
la malédiction pas près de se lever. Renaud-renard
comprit qu'il n'avait pas fini d'expier.

Chapitre 7

La harde

Renaud-renard errait à travers bois et guérets[1] chassé d'un endroit à un autre. Quand ce n'étaient pas les sangliers ni les renards, c'étaient les cerfs qui le chargeaient, les belettes et les putois qui l'assaillaient par bandes. À cela s'ajoutaient les chiens errants, les mâtins domestiques et les paysans qui l'accueillaient à coups de bâton dans leurs

---

1. Guéret, *n. m.* : terre labourée et non ensemencée.

poulaillers. Il semblait que le monde entier se fût ligué contre lui : la vie sauvage suivait les mêmes règles que chez les hommes, et que l'on pouvait résumer en dominants et dominés. Pire, il était un proscrit : il n'appartenait plus à l'univers des hommes, et n'arrivait pas à s'inclure dans celui des animaux. Même les lapins ne se laissaient plus attraper, comme si quelque prémonition les avertissait de son approche. Il commença à maigrir, ne se nourrissant que d'insectes, de vers, de glands et de marrons, parfois de certaine charogne dont les autres ne voulaient plus. Il passait des heures entières tapi sur les rives des mares ou des cours d'eau, guettant la brème, la carpe ou la tanche[1]. Hélas, s'il réussissait quelquefois à capturer un gardon, il devait plus souvent se contenter d'un crapaud.

Épuisé par des courses harassantes qui ne lui rapportaient qu'un moineau alors qu'il poursuivait un canard, efflanqué, traînant sa queue telle une loque, Renaud-renard cessa de lutter. C'était

---

1. La brème, la carpe et la tanche sont des poissons d'eau douce.

inutile, chaque jour amenait son lot de souffrances plus aiguës, plus poignantes que la veille. Le goupil s'était affaibli malgré tous ses efforts, toute sa volonté pour tenter de survivre. Il en perdit jusqu'à l'instinct primaire de conservation. Il s'affala un soir au pied des ronciers, dans une petite clairière, et décida de se laisser mourir là, la tête dans la neige, raidi, desséché par le froid de l'hiver. Devant tant d'épreuves, son cœur s'éveilla au regret. Rabaissé plus bas qu'un serf, il comprit ce qu'était l'existence des petits et combien il avait été cruel envers eux. Ainsi, lorsqu'il attendait que ses paysans aient fini d'user leurs ongles, leurs reins, leurs forces à gratter la terre, et qu'il pénétrait chez eux pour voler leurs chétives économies, n'était-il point différent de l'animal – quel qu'il soit – qui surgissait au moment où lui-même levait un lièvre ou une perdrix, et lui dérobait son repas. Il ferma les yeux, revécut toute sa vie en images, mais à cette différence près que chaque fois qu'il malmenait un vilain, il faisait pénitence et demandait le pardon du ciel pour son acte.

Le matin étirait tout juste les ombres violettes des arbres qu'un mouvement inhabituel le tira de sa léthargie. Une bande de renards nés de l'année précédente se répandait dans la clairière. Il crut qu'ils allaient l'attaquer mais ils n'en firent rien. Au contraire, ils s'approchèrent en trottinant, se couchèrent près de lui. C'étaient de jeunes mâles émancipés qui avaient été chassés d'un territoire à l'autre, car tous les emplacements où ils essayaient de s'établir étaient occupés. Aussi migraient-ils vers le sud, à la recherche d'un morceau de forêt. Renaud-renard les observa pendant qu'ils se reposaient ; beaucoup étaient blessés : par les pièges qu'ils n'avaient su éviter, ou par des affrontements avec les adultes plus puissants ou les mâles d'autres espèces. Ils étaient encore inexpérimentés, et le goupil supposa qu'ils devaient être plus nombreux au départ que la dizaine d'individus qui l'entourait. L'exode risquait d'être très néfaste à la gent si ceux-là ne trouvaient un abri avant les grandes battues de printemps. Il résolut de se joindre à la harde, parce qu'il était plus mature qu'eux, mais aussi et surtout parce qu'ils lui apparaissaient comme un signe de la Providence. En groupe, il leur serait plus aisé de traquer les proies, et leur nombre pouvait dissuader un éventuel agresseur de se frotter à eux.

La troupe repartit, à la queue leu leu, marchant dans les traces du renard de tête, à la façon des loups. Il n'y avait pas de chef : le groupe avançait au petit bonheur, suivait tantôt l'un, tantôt l'autre, au gré des humeurs. Pourtant, à la longue, Renaud-renard finit par s'imposer. Non par sa force, car la métamorphose ne l'avait pas doté d'une stature hors du commun, bien au contraire, mais par son sens de l'organisation et son habileté à diriger les attaques. Puisque la forêt ne voulait pas d'eux, ils s'en allaient rôder près des villages. La tactique était simple : on semait la pagaille à un bout du hameau pendant qu'on raflait l'oie à l'autre. Les molosses de garde, quoique réputés dangereux, ne comprenaient jamais rien à l'affaire et couraient sus aux provocateurs tandis que, derrière eux, disparaissaient poulailles et lapins. Les quelques

battues menées par les paysans en colère ne don-
nèrent aucun résultat. Renaud-renard savait que,
pour rester en vie, il fallait éviter de demeurer trop
longtemps au même endroit, et puis son but était
de mener la harde vers des terres vierges, non de
semer la désolation dans les basses-cours.
D'ailleurs, à chaque incursion, il n'enlevait que les
bêtes nécessaires, sans gâchis, sans carnage inutile.
Juste de quoi tenir jusqu'au lendemain. Car il ne
voulait pas fâcher à nouveau le ciel contre lui.

Le bruit courait en ce mois de février qu'une
bande de renards enragés sévissait dans les villages
tout au long de la Moselle. Plutôt que de perdre
leur temps en de vaines traques, les hommes por-
tèrent leurs efforts à défendre l'accès aux maisons,
à établir des tours de guet, à dissimuler des pièges
autour des poulaillers. Et, plutôt que de laisser courir les chiens à travers champs, ils les répartirent
dans chaque foyer. Renaud-renard comprit qu'on
lui déclarait la guerre. Après l'attaque désastreuse
du hameau de Saint-Rémy – aux portes de la

grande cité messine – au cours de laquelle seigneurs et vilains réunis décimèrent la moitié de sa
troupe, le goupil ne se risqua plus hors de la forêt.
Il se terra au plus profond de la futaie avec les
rescapés, se nourrissant de reptiles, d'insectes, de
mousses. Ils suivaient parfois les sangliers et
fouillaient le sol retourné dans l'espoir de récupérer des vers ou des larves.

Un jour qu'ils s'étaient risqués sur le mont Saint-
Quentin qui dominait la ville de Metz, Renaud-
renard perçut l'odeur forte du loup. La même que
celle qu'il avait relevée trois mois auparavant aux
alentours de Morlange. La bête était là, tout près.
Les jeunes se resserrèrent autour de lui, poussèrent
des gémissements plaintifs. L'un voulut s'enfuir
car il avait déjà eu maille à partir avec l'animal. Il
dévala le talus mais revint aussitôt se réfugier au
milieu de ses congénères. Le nombre assurait un
semblant de sécurité. Renaud-renard huma le
vent ; l'odeur du loup était partout ; l'autre avait
décrit un cercle autour d'eux, les enfermant dans
un anneau d'effluves propre à désorienter le plus

fin des renards. Le salut consistait à s'enfuir en même temps dans six directions différentes. Le prédateur en rattraperait un, voire deux, mais leur sacrifice garantirait aux autres la vie sauve. Seulement voilà : aucun ne désirait être martyr, le loup pouvant fondre sur eux de n'importe où. Ils choisirent donc de rester groupés, tassés l'un contre l'autre en une grouillante masse de poils roux. Le goupil savait qu'il ne servait à rien d'attendre là, il guida sa troupe vers le bas de la colline, vers les hommes. Il n'y avait que leur présence pour arrêter la descente du loup dans leur sillage. Renaud-renard jeta un coup d'œil derrière lui pour voir si tous suivaient, et c'est alors qu'il l'aperçut.

C'était une bête énorme, toute noire, aux yeux dorés. Elle était juchée sur un promontoire, pareille à une figure de pierre, et observait les murailles de Metz. Le renard fut soulagé de constater que le loup se désintéressait d'eux, tout occupé à étudier les défenses de la cité. Il pressa le pas, se mit à courir en retournant vers la forêt.

La neige fondait en ruisseaux sous leurs pattes. Les crocus tapissaient le sous-bois de leurs ogivettes jaunes, exhalant au ras du sol un suave arôme de safran. La bande marchait, harassée, maculée de boue, la queue basse et le museau dans la fange. Elle pataugeait dans les marais de Nancy, se disputant les charognes d'oiseaux, se querellant pour un rat malade ou un morceau de couleuvre. Les renards étaient dans un état si pitoyable que des éperviers se permettaient de les harceler. Une pie, même, leur cria d'aller chasser plus loin alors qu'ils cernaient l'arbre, la gueule ouverte. Les mâchoires claquaient à vide, les ventres réclamaient, les intestins se recroquevillaient en provoquant de vives brûlures. La bande s'était gonflée de trois nouveaux venus, mais leur nombre, à présent, assurait leur perte, car là où il y avait assez pour un renard, il y avait famine pour neuf. Renaud-renard voulut s'embusquer autour d'un étang mais les autres, las de leurs affûts inutiles, préférèrent s'aventurer près des habitations : on pouvait glaner quelques restes dans les ordures ou même – pourquoi pas ? –

rafler le coq qui trônait sur son tas de fumier. Il les suivit donc pour ne pas rester seul en arrière.

Le hameau groupait une dizaine de maisons autour d'un grand foyer allumé sur la place. C'était jour de mardi gras et les paysans faisaient tourner leurs vilaines dans des baus et caroles[1] au son des chalumeaux et des tambourins. De grandes tables étaient dressées sur leurs tréteaux, et les enfants se pressaient tout autour dans l'attente de larges quartiers de viande qui finissaient de rôtir sur les broches. Quand les renards sentirent les odeurs lourdes des victuailles, quand le fumet leur fut entré dans la tête, ils se léchèrent les babines et plus d'un se mit à gémir. Toute cette nourriture perdue… pour eux, car il n'était plus question de s'introduire au village. Quand les hommes étaient aux champs ou en forêt, c'était possible car il ne restait que les femmes et les vieux pour surveiller les poules… Mais là, devant tout le hameau rassemblé, c'était courir à la mort. D'autant que les basses-cours se

---

1. Baus et caroles : bals et rondes.

voyaient de la place et que les chiens étaient lâchés. À la première alerte, au moindre caquet d'effroi, les hommes lâcheraient les belles pour empoigner leurs fourches, et les mâtins surgiraient de partout. Non, non, c'était perdu d'avance. Il fallait renoncer.

Les odeurs insistaient, affolaient. Renaud-renard ferma les yeux afin de mieux les goûter ; les effluves l'étourdissaient, rappelaient des souvenirs oubliés : une vinaigrette cretonnée de lard, un brouet[1] de cannelle, des pâtés de pigeons, des terrines de caille en croûte, des perdreaux au sucre, des jambons tremblant dans la gelée, des laîches[2] dorées et du cresson assaisonnés de foies de volailles, des poissons frits farcis aux œufs accompagnés de grenache, de malvoisie, d'hypocras ou de tout autre vin aromatisé… Il salivait, claquait la langue. Humer tous ces bouquets l'enfiévrait. La faim le tenaillait telle une serre de rapace incrustée dans son ventre. Sa vue se brouilla. Lui qui ignorait les

---

1. Brouet, *n. m.* : soupe.
2. Laîche, *n. f.* : plante qui pousse en touffes au bord de l'eau.

sanglots – et qui croyait qu'un animal ne savait pas pleurer – se sentit fondre tout à coup.

Les larmes jaillissaient, silencieuses, à longs traits.

C'était sa vie qu'il pleurait : ses gens, ses paysans qui devaient aussi s'enrouler en caroles avec d'autant plus d'entrain que le sire de Morlange avait disparu, son château, son pays, sa femme, sa renarde… Il ne savait plus trop. Les images affluaient en masse, se superposaient. Le gros goupil de Florange, Robert le rousset, la comtesse renarde, Mathilde… Qui était qui ? Laquelle avait-il aimée ? La tête lui tournait, l'univers chavirait. Il voulut crier « Pardon ! Pardon ! Pardon ! » Glapit. Glapit. Glapit. Les autres le regardaient, surpris. Son hurlement ne rimait à rien. Au contraire, il risquait d'attirer les chiens jusqu'à eux. L'un des jeunes prit la tête de la troupe, décida – malgré tout – de s'infiltrer dans le village. Il n'y avait pire torture que ces odeurs. Ancrées au plus profond de leur conscience animale, elles ne les lâchaient plus. Il fallait qu'ils arrachent ces rôtis, qu'ils les emportent avec eux. La faim était plus forte que la peur.

Des abois soudain ! Un tonnerre de sabots derrière eux ! Des cris !

— Taïaut !

Des dogues, des griffons vendéens surgirent, talonnés par des cavaliers. Le duc de Lorraine dirigeait une louveterie depuis le matin afin de débarrasser les alentours de Nancy des loups qui les infestaient. Il n'en avait pour lors débusqué aucun, mais puisqu'une bande de renards se présentait…

Chapitre 8

La grande vénerie

Renaud-renard courait, courait. Sa terreur était telle qu'il pensait crier « Je suis un homme ! Je suis un homme ! », alors qu'il n'arrivait qu'à pousser des couinements affolés.

Des sons de cor ramenèrent le gros de la meute de son côté. Qu'étaient devenus les autres ? Pas le temps de songer à eux, sa vie était dans ses pattes. Il filait à travers champs, choisissant les endroits labourés afin que ses poursuivants, plus lourds que lui, s'enfoncent pattes et sabots dans la glèbe[1]. Se faufilait sous les haies avec une agilité surprenante cependant que les dogues s'écorchaient aux épines, se prenaient le collier dans les rameaux. Les cavaliers, eux, étaient alors obligés de longer les ronciers pour les contourner. Un seul voulut forcer sa monture à sauter par-dessus. Le cheval renâcla, se cabra devant l'obstacle en battant des pattes. Entêté, son maître le ramena en arrière, le lança au galop. Rien n'y fit. La bête pila net en plantant ses fers dans la terre. L'homme faillit être désarçonné. Dans un mouvement de rage, il tourna bride, éperonna sa monture pour rattraper les autres.

Renaud-renard fonçait vers les marais. La meute empaumait[2] sa voie chaude, filait au ras du sol comme une voile bariolée soulevée par le vent. Les aboiements crépitaient, vrillaient le fuyard jusqu'à la moelle des os, criaient sa perte. Le goupil effraya un couple de pies au passage. Le soleil accrocha

---

1. Glèbe, *n. f.* : motte de terre, ou champ, sol cultivé.
2. Empaumer, *v. tr.* : trouver la piste du gibier et la suivre.

leurs couleurs mauve et bleu lorsqu'elles se posèrent à la cime d'un peuplier.

Un virage à angle droit. Le renard glissa, tomba – les molosses dérapèrent, se flanquèrent dans la boue. Il repartit, la meute à ses trousses. Les chasseurs perdaient du temps, pestaient contre leurs bêtes qui ralentissaient l'allure. C'est que le renard menait la louveterie vers les sables mouvants, et si les chiens, leurrés par le panache, se précipitaient droit dessus, les chevaux, eux, avaient senti le danger. Une gerbe de boue ! Les griffons de tête, emportés par l'élan, s'englurent dans la vase jusqu'aux yeux. Le louvetier fit halte, commanda à trois hommes de dégager les animaux embourbés, puis relança la chasse.

La forêt ! Renaud-renard s'engouffra dans le sous-bois. Sa gorge était en feu, chaque inspiration lui arrachait un rauquement sec. Un énorme tronc barrait la piste, abattu par une récente tempête. Le goupil le franchit par-dessous, par une saignée de terrain. Les chiens durent s'agripper à l'écorce, le passer avec la sensation de se briser les genoux. La poursuite reprit. Les cavaliers se heurtaient aux basses branches, galopaient courbés sur l'encolure, se frayaient un passage à coups de coude dans les taillis, recevaient les tiges en pleine figure.

Renaud-renard sentait ses forces l'abandonner. Il n'en pouvait plus. La meute se rapprochait, aiguillonnée par les trompes qui résonnaient à travers bois. Sa fuite le mena au bord d'une ravine. Il se jeta dans le vide, dégringola la pente sur le dos, roula jusqu'au lit d'un cours d'eau. Les chiens culbutèrent à sa suite. Les chasseurs se ruèrent derrière eux, renversés sur la selle, les rênes tirées à bout de bras.

Le renard savait qu'il allait mourir. Il n'y avait aucun moyen d'échapper à la fureur des dogues. Ils couraient derrière lui comme si toute leur vie se résumait à cela : forcer, abattre la bête fauve. La forêt s'étendait, large et plate. Aucun fossé, aucun taillis pour ralentir la chasse. Il distingua une trouée, un espace défriché encombré de troncs abattus. Il s'y précipita. Il voulait mourir à l'air libre, avec le ciel au-dessus de sa tête et l'ennemi bien en face. Comme le guerrier qu'il n'avait jamais cessé d'être.

Une troupe de cavaliers surgit par la droite, se répandit sur les essarts[1], bloqua tous les accès. Le goupil s'affala contre une souche, la langue pendante, les côtes soulevées par une respiration saccadée. C'était la fin. Les chiens formaient un arc de cercle autour de lui, sautant, frétillant de la queue, couvrant les cris des chasseurs par leurs abois. Les veneurs accoururent, les firent reculer. Le duc de Lorraine saisit la courte lance que lui tendait son écuyer. Tous s'écartèrent. Les rênes dans une main, l'épieu dans l'autre, le prince se rua sur sa proie.

Renaud-renard se redressa. Mourir pour mourir, autant que ce soit en combattant. Il rassembla ses dernières forces, s'élança à la rencontre du chevalier. Le duc leva son arme…

---

1. Essart, *n. m.* : terre défrichée.

Chapitre 9

À la cour ducale

Mais au moment d'abattre sa pique, son regard croisa celui du renard. Frappé par l'expression de ses yeux, l'homme retint son geste, tira sur le mors de son cheval. Le renard aussi s'arrêta, à un mètre des étriers. Ils s'étudiaient l'un l'autre sous les murmures d'étonnement des cavaliers. Jamais chasseur n'avait vu pareille attitude chez un animal : celui-ci semblait attendre que le duc fît mine de reprendre le duel pour bondir sur lui.

Le prince hésitait : le comportement du goupil lui paraissait des plus étranges, et son regard à la fois suppliant et décidé avait de quoi surprendre.

« Par saint Jacques, cette bête-là a quelque chose d'humain », se dit le sire.

Il choisit de l'épargner mais, devant le trouble qui l'avait saisi, ordonna que l'on capture le renard et qu'on le ramène à sa cour de Nancy. Bizarrement, l'animal se laissa prendre sans aucune résistance.

Renaud-renard était heureux. Il lui manquait certes son épouse, son château, son fief et ses gens, mais après les privations de ces longs mois d'hiver, la cour ducale lui paraissait un véritable paradis. Très vite, grâce à sa gentillesse et son aptitude à comprendre tout ce qu'on exigeait de lui, il était devenu l'animal préféré des nobles. Il vivait dans une semi-liberté, courait d'une pièce à l'autre, jouait avec les dames et les enfants. Les dames étaient plus douces, plus avenantes que les garnements qui lui tiraient la queue ou tentaient de grimper sur son dos. Quand il ne trottait pas dans les jardins, loin des chiens qu'on avait pris soin d'éloigner, il paressait aux pieds de la duchesse. Elle prenait alors sa tête sur ses genoux, le caressait et lui parlait comme à un confident, dévoilant les petits secrets du palais.

Il allait d'une princesse à une chambrière, d'une suivante à une baronne, quittait le giron de l'une pour aller s'étendre devant une autre, et c'est ainsi qu'en peu de temps, Renaud-renard en apprit davantage sur les états d'âme et les intrigues de la cour que n'importe lequel des seigneurs y vivant depuis des années. On ne se méfiait pas d'un goupil : que pouvait-il bien saisir de ce que l'on racontait ? Il aidait les grands à s'épancher, à vider la colère, l'amertume ou la joie de leur cœur, assurés qu'ils étaient de son absolue discrétion.

Vint le printemps. Pour fêter la renaissance de la nature et le début de l'an nouveau[1], le duc de

---

1. Au Moyen Âge, le jour du nouvel an était le 1er avril.

Lorraine convia tous ses vassaux à une grande fête en son palais de Nancy.

Les festivités s'ouvrirent l'après-midi par un tournoi. Une lice[1] avait été aménagée aux portes de la ville, sur un vaste pré. On avait dressé des amphithéâtres[2] avec des loges couvertes décorées de riches tapis, et tout autour flottaient bannières, banderoles et pennons. Pendant que les convives se pressaient dans les tribunes et que les combattants ajustaient leurs armures, les écuyers fichaient en terre, devant les barrières, les écus oblongs frappés aux armoiries des chevaliers. Les dames avaient revêtu leurs plus beaux atours, aux couleurs chatoyantes, doublés d'hermine ou garnis de passementerie d'Angleterre. Elles portaient sur la tête un voile maintenu par un diadème de perles et de pièces d'orfèvrerie. Les hommes arboraient de longs surcots aux manches flottantes de la couleur du champ de leur blason, sur lesquels leurs

---

1. Lice, *n. f.* : champ clos où se déroulaient des tournois.
2. Amphithéâtre, *n. m.* : construction circulaire avec des gradins pour assister à différents spectacles.

emblèmes héraldiques étaient figurés par des broderies d'or, d'argent et de soie.

Des juges vinrent s'établir à des places marquées afin de veiller à ce que les lois de la chevalerie soient respectées sur le champ de bataille. Des hérauts embouchèrent leurs trompes, lancèrent un appel clair qui amena un silence brutal. Un murmure d'admiration souligna l'entrée des chevaliers, superbement armés et équipés, suivis par leurs écuyers, tous à cheval. Ils avançaient à pas lents sous les vivats de la foule, avec une contenance grave et majestueuse. Les armures resplendissaient dans le soleil. Les heaumes arrachaient des exclamations : beaucoup étaient agrémentés d'un volumineux cimier, mais certains, surmontés de cornes, d'oiseaux ou de mains, faisaient penser à des ramures effrayantes, à des créatures d'enfer. Les chevaux eux-mêmes semblaient sortir d'un cauchemar, avec leur housse de feutre bleue, verte ou rouge rehaussée d'armoiries sur leur chanfrein[1] et leurs bardes de fer qui

_____

1. Chanfrein, *n. m.* : partie de la tête du cheval qui va du front aux naseaux.

protégeaient le front, le poitrail et la croupe.

Renaud-renard était assis entre le duc de Lorraine et l'évêque de Metz. De temps en temps, l'un ou l'autre le gratouillaient derrière la tête en signe d'affection.

— C'est une belle bête, disait l'évêque.

— Et plus docile qu'un chien. J'ai l'intention de l'utiliser pour la chasse aux renards. Il est plus silencieux que ma meute et lui seul, je pense, saura me conduire droit aux tanières.

Soudain le renard se raidit, fixa la lice en découvrant ses crocs.

— Que lui arrive-t-il ? s'étonna le clerc. Voilà qu'il se met à gronder comme s'il avait vu le diable en personne.

Renaud-renard venait de reconnaître, parmi ceux qui s'alignaient pour combattre, les couleurs de Robert de Florange. La colère, la haine l'envahirent d'un coup, son cœur se mit à battre plus fort. Si son rival était là, la comtesse devait se trouver quelque part dans les tribunes en train d'acclamer son champion. Le goupil observa le chevalier, remarqua qu'il avait noué une écharpe de soie à son gantelet : celle-là même que le sire de Morlange avait offerte à Mathilde pour leur mariage. Son sang ne fit qu'un tour, et il se faufila entre les jambes pour chercher son épouse.

Un nouveau coup de trompes ! Les cavaliers abaissèrent leur visière, saisirent l'écu, calèrent la pique sous l'aisselle. Chargèrent. La terre trembla des galopades. Le grondement rivait les spectateurs sur leurs bancs, les secouait comme panneaux de bois. Le tonnerre des sabots broyait les entrailles, coupait la respiration. Un fracas épouvantable ! Frappés en plein galop, des boucliers volèrent en éclats, des armes se brisèrent, pourtant aucun seigneur ne vida les étriers. Les destriers achevèrent leur course contre les rambardes, voltèrent, repartirent à l'attaque. Les combattants qui avaient perdu leur écu ou leur hast[1] attrapèrent au vol un bouclier, une lance, tendus à bout de bras par un

_____

1. Hast, *n. m.* : lance, javelot.

page. Chacun visait l'autre au plastron, cherchant à désarçonner l'adversaire. Le fer des armes était arrondi en mamelon, mais quand les chevaliers s'écrasèrent à nouveau l'un contre l'autre, le choc fut si violent que plus du tiers d'entre eux culbutèrent par-dessus le trousssequin[1] de la selle. Robert de Florange était du nombre.

Renaud-renard, un instant attiré par le fracas des armes, vit son rival mordre la poussière. Il frémit d'aise puis continua à fureter pour retrouver Mathilde. Un appel de cor arrêta le combat pour permettre aux écuyers d'aider les seigneurs tombés à terre. Des gens se levèrent dans les tribunes, et c'est alors que le goupil l'aperçut : elle était debout en face de lui, de l'autre côté de la lice, inquiète, et se mordait un doigt en voyant son galant quitter l'arène, soutenu par ses pages. La défaite publique de Robert de Florange calma la haine de Renaud-renard : il ne ressentait plus qu'une sorte de dédain, de pitié misérable pour cet

---

1. Troussequin, *n. m.* : arcade de l'arrière de la selle.

homme qu'on reconduisait piteusement sous sa tente. Il se souvenait d'un tournoi passé où, après avoir désarçonné bon nombre de chevaliers, lui, sire de Morlange, avait poursuivi le combat à l'épée, frappant d'estoc et de taille[1] jusqu'à ce que l'épuisement, seul, lui fît poser un genou au sol.

Délaissant le tournoi qui reprit à l'épée et à la masse d'armes, le renard trottina vers les tentes, certain que la comtesse s'en viendrait aux nouvelles. Elle ne tarda guère en effet, et Renaud-renard, caché derrière des coffres empilés sur le pré, put constater à quel point son absence lui avait été profitable : elle avait repris des couleurs, paraissait plus grande, plus belle aussi.

Il comprit combien il avait été méchant avec elle, la confinant dans l'ombre de son château alors qu'elle était une fleur demandant à s'ouvrir. Robert de Florange avait su trouver les paroles qu'elle attendait depuis si longtemps. Renaud-renard se rendit compte – enfin – que le seul responsable,

---

1. D'estoc et de taille : avec la pointe de l'épée et l'épée tout entière.

c'était lui. Il en ressentit un chagrin immense, se demanda si elle pourrait l'aimer à nouveau comme aux premiers temps de leur mariage. Pas sous sa forme de renard, assurément. Qu'importe, il voulait obtenir son pardon. Il sortit de sa cachette, s'arrêta près d'elle. Elle le gratifia d'un sourire, d'une caresse, puis repartit vers les tribunes. Il marchait à son côté, poussait des petits gémissements pour tenter de se faire reconnaître, mais on avait tant parlé du renard apprivoisé du duc de Lorraine, de sa douceur et de sa gentillesse, qu'elle ne se douta pas un seul instant que celui-ci était son époux.

Lorsqu'elle reprit sa place, le goupil s'installa contre elle, posa sa tête sur ses genoux et s'emplit du parfum de sa femme. Mais la comtesse ne vit, dans cet élan de tendresse, qu'un jeu de cajolerie alors que le sire – sous le renard – s'éveillait à un nouvel amour.

Robert de Florange les rejoignit un peu plus tard. D'un coup de pied il repoussa l'animal pour s'asseoir près de sa belle.

La fête se poursuivit le soir dans le palais. Renaud-renard faillit s'étrangler de rage lorsqu'il vit Robert de Florange s'installer à la table des chevaliers revêtu de ses propres habits. Mais ce qu'il prit pour un affront lui apparut bientôt comme un signe du ciel. C'était nuit de l'an neuf, certes, mais aussi de pleine lune.

Le banquet fut des plus somptueux, et le spectacle des plus variés. Outre des ménestrels venus tout spécialement de Paris pour présenter leurs chansons de geste[1], le duc avait fait ramener à grands frais un ours des Pyrénées qui étonnait l'assistance par ses tours.

Étendu près de la grande cheminée, le poil rouge des reflets de la flamme, sire renard suivait les réjouissances d'un œil indifférent. Il attendait son heure.

La nuit passa. Les hayes et les pavanes se firent plus lourdes, les mouvements plus lents, plus empesés... Les rondes s'effilochaient. Les musiciens

---

1. Chanson de geste : poème épique mis en musique.

s'essoufflaient à maintenir un rythme, mais les danseurs ne suivaient plus. Beaucoup bâillaient et aspiraient à aller se coucher. Le duc de Lorraine eut un petit geste pour arrêter la musique. Il remercia ses invités, leur souhaita de bien se reposer avant la chasse au cerf qu'il comptait ouvrir l'après-midi, puis sortit de la salle.

Renaud-renard choisit de suivre Robert et la comtesse. Ils avaient à traverser une partie des jardins pour se rendre à leur pavillon. L'aurore perlait à l'horizon, filtrant ses rayons d'or fondu à travers les nuages violacés. Quand il vit la première tache de lumière sur les vêtements du seigneur de Florange, le renard bondit.

Le choc jeta l'homme à terre. L'animal mordit dans le pourpoint, le secoua violemment pour l'arracher. L'autre se débattait pendant que la comtesse appelait à l'aide.

— Au secours ! Au secours ! Le renard est devenu enragé !

Les lacets des vêtements se défirent. Robert tenta bien de résister mais, mordu au nez, griffé sous l'œil et sur la joue, il se releva pour s'enfuir. Un dernier coup de dents fit tomber ses habits. Nu comme un ver, il se précipita derrière un massif de buis.

— Ooohhh ! s'écria la comtesse.

Les gardes accouraient avec leurs hallebardes.

— Que se passe-t-il ?

— Rien, répondit le sire de Morlange qui se tenait dans l'ombre d'un marronnier. Rien, rien du tout.

— Où est le renard ? demanda un sergent.

— Parti, répondit le seigneur. Je crois qu'on ne le reverra plus.

Plantant là les soldats, le comte et la comtesse descendirent l'allée.

Ils marchaient côte à côte, en silence, un peu raides. Renaud se hasarda à prendre la main de sa femme. Elle tressaillit mais ne la retira point. La crainte la faisait légèrement trembler.

— Je vous demande pardon, ma mie.

— Vous, messire ? Vous ne m'en voulez donc point ?

— Vivre dans la peau d'un petit renard m'a

ouvert les yeux. J'ai compris mes erreurs : envers mes paysans et envers vous, que j'ai rendue si malheureuse… Vous me croyez, ma Dame ?

— Ma foi… Votre voix me semble sincère.

Ils s'arrêtèrent. Le comte la prit par les épaules, plongea son regard dans le sien. Ils se dévisagèrent un instant sans rien se dire. Puis :

— Vos yeux ont retrouvé leur éclat de jeunesse, dit Mathilde. Je ne vous avais plus vu ainsi depuis longtemps. Auriez-vous réellement changé à ce point ?

— Oui. Je vous aime, Mathilde… Si vous voulez encore de moi.

Elle ne répondit pas tout de suite.

— Ce pauvre Robert de Florange, murmura-t-elle.

Puis elle éclata de rire. Un rire qui la libéra de toute sa tension.

— L'aimiez-vous ?

— Je le croyais. Vous étiez si cruel que sa présence me réconfortait. Mais il commençait petit à petit à vous ressembler. En fait, je n'ai pas cessé de penser à vous depuis cette nuit terrible. J'ai été tentée de retourner à la source avec vos vêtements, mais la peur d'avoir à supporter ensuite votre colère me retenait chaque fois.

— Le renard est mort, dit le sire. Considérez qu'avec lui, c'est aussi votre premier mari qui a disparu. J'ai compris bien des choses depuis que vous m'avez obligé à errer dans les bois et les marécages. Je ne vous en veux pas. La punition était bonne puisque me voilà tout repenti. Je m'en vais rendre à mes paysans ce que je leur ai dérobé et tâcher, par quelque don au prieuré, de racheter mes fautes passées.

— N'enterrez point le goupil, messire, puisqu'il vous a rendu à Dieu et à moi. Ajoutez plutôt à votre blason une petite tête de renard qui, pour les siècles à venir, retiendra notre histoire.

Renaud de Morlange sourit. Il attira à lui sa femme, passa un bras autour de sa taille. Elle vint appuyer sa tête sur son épaule.

— Il en sera fait ainsi, déclara-t-il, et nos descendants se transmettront fidèlement le surnom de « Renard de Morlange ». Afin qu'ils se souviennent toujours d'agir pour le bon droit.

Alain Surget

Alain Surget est né à Metz en 1948. C'est à l'âge de seize ans qu'il ressent l'envie d'écrire et qu'il se consacre à la poésie et au théâtre, avant de se découvrir une passion pour le roman. Enseignant, père de trois enfants, il se déplace souvent dans les bibliothèques et les collèges pour rencontrer son jeune public, avec lequel il écrit des nouvelles et des romans.

Du même auteur :

CHEZ D'AUTRES ÉDITEURS
La série « Tirya », Flammarion.
Le Fils des loups, Éditions Rageot, coll. « Cascade », 1989.
Le Bal des sorcières, Éditions Rageot, coll. « Cascade », 1993.
La Vallée des Masaï, Hachette, Livre de Poche Jeunesse, 1994.
Les Nuits d'Halloween, Éditions Magnard Jeunesse, 1998.
L'Œil d'Horus, tome 1, Flammarion, Castor Poche, 1998.
L'Assassin du Nil, tome 2, Flammarion, Castor Poche, 1999.
Le Maître des deux terres, tome 3, Flammarion, Castor Poche, 2000.
Houni, bâtisseur de pyramides, Flammarion, Castor Poche, 2001.
L'étalon des mers, Flammarion, Castor Poche, 2001.
Les oiseaux de Kisangani, Éditions Magnard Jeunesse, 2003.

Philippe Mignon

Influences

Tout ce qui porte plume (à la main), poil (de martre) ou pointe (sèche). Curiosité insatiable, liste impossible. Mais une passion pour quelques grands « oubliés » : Edwin Austin Abbey, Daniel Vierge, Adolf Menzel ou Karl Bodmer.

Amours

Venise, les plumes William Mitchele 659, Tex Avery, le tiramisu, *les Mille et Une Nuits*, le mambo…

Haines

Ceux qui n'aiment rien de tout ça !

Parcours

Du dessin à l'architecture, de l'architecture au dessin, etc.

Envies

Accompagner Bonaparte au Caire pour dessiner les monuments d'Égypte.

TABLE DES MATIÈRES